KB033323

토끼가 죽던 날

The day the rabbit died

박후기

2003년 [작가세계] 신인상으로 등단했다. 시집 [종이는 나무의 유전자를 갖고 있다] [내 귀는 거짓말을 사랑한다] [격렬비열도]가 있으며, 사진산문집으로 [나에게서 내리고 싶은 날] [내 귀는 거짓말을 사랑한다] 그림산문집 [그림약국]이 있다. 2006년 신동엽 문학상을 수상했다.

표지 토끼: 남이섬 피토원(避兎園)

토끼가 죽던 날

The day the rabbit died

박후기 소설

gasse·가쎄

작가의 말

토끼는 죽거나 사라진다.
인간은 죽거나 살아진다.

기억 속의 토끼들을 위하여.
빨간 눈의 엄마와 아버지 그리고 형들과 누나, 한때 사람
이었던 불쌍한 토끼들을 위하여.

1장

젖은 풀을 먹이로 주면 토끼가 죽는다고 큰형이 말했습니다.

버려진 찬장을 이용해 만든 토끼장은 큰 토끼 두 마리가 살기엔 비좁아 보였습니다. 마당에서 혼자 흙을 파며 놀던 나는 형들 몰래 민들레 잎을 뜯어다 주기도 했는데, 토끼들은 철망 구멍 사이로 주둥이를 내밀어 받아먹곤 했습니다.

"빨리 새끼를 낳아주렴!"

토끼에게 풀을 주면서 큰형이 말했습니다.

큰형의 계산대로라면, 토끼는 새끼를 열 마리 이상 낳아야만 했습니다. 큰형은 필요한 게 많았습니다. 멋진 신발을 갖고 싶었고, 만화책 전집도 사야 했으며, 잘 키워 보라며 암수 토끼 두 마리를 건네준 바보 삼촌에게도 새끼 두 마리를 갚아야 했기 때문입니다.

"새끼를 낳으려나 봐요."

"어디가 아파서 그럴 수도 있지."

며칠째 먹이를 잘 먹지 않는 토끼를 걱정하며 엄마와 아버지가 이야기를 나누었습니다.

아침 마당가엔 눈에 보이는 풀잎마다 이슬이 맺혀 있었습니다. 커다란 질경이도 노란 민들레꽃도 모두 젖어 있었습니다.

나는 기다란 민들레 잎 두 개를 따서 옷에 대고 톡톡 이

슬을 털었습니다. 그래도 걱정이 되어 민들레 잎에 입술을 대고 입김을 호호 불었습니다.

형들은 학교에 갔고 엄마는 뒤란에 있는 닭장 앞에서 닭에게 모이를 주고 있었습니다. 나는 토끼장으로 다가가 며칠째 먹이를 잘 먹지 않는 토끼에게 형들 몰래 민들레 잎을 주었습니다.

"지금부터 토끼장을 들여다보면 안 돼!"

토끼가 새끼를 아주 많이 낳던 날, 토끼장을 담요로 덮어 주며 작은형이 말했습니다. 내가 자꾸 토끼장을 들여다보면 화가 난 어미 토끼가 새끼를 물어 죽인다고도 했습니다.

큰형과 작은형은 조심스럽게 새끼 한 마리를 꺼내어 손바닥 위에 올려놓고는 천천히 들여다보았습니다. 나도 새끼를 만지고 싶었지만, 너는 아직 어려서 안 된다며 먼발치에서 쳐다만 보라고 작은형이 말했습니다.

"왜 자꾸 새끼가 죽는 거지?"

큰형이 말했습니다.

혹시 내가 젖은 민들레 잎을 주었기 때문에 어미가 새끼를 물어 죽인 건 아닌지 걱정스러웠습니다.

형들은 날마다 새끼 토끼가 죽는다고 투덜댔고, 나는 멀찌감치 떨어져 종일 어두운 토끼장만 쳐다보았습니다.

2장

바보 삼촌은 모든 가축의 목숨을 간단하게 끊는 방법을 알고 있었습니다. 형들은 바보 삼촌이 돼지, 염소, 개, 닭, 오리, 족제비 그리고 토끼를 죽이는 것을 본 적이 있었습니다.

사람들은 종종 바보 삼촌에게 닭이나 개를 죽여 달라고 부탁했고, 바보 삼촌은 아주 쉽게 그것들의 목숨을 끊어 버리곤 했습니다.

바보 삼촌은 짐승을 죽인 대가로 돈을 받진 않았지만, 집으로 돌아가는 그의 손엔 종종 봉지쌀이나 지푸라기에 묶인 고기 한두 근이 들려 있었습니다.

바보 삼촌이 왜 바보가 되었는지에 대해서 전해지는 바는 없습니다. 다만, 원래는 천재였으나 너무 똑똑해서 바보가 되었다는 이야기만 마을 사람들 입에서 흘러나올 뿐이었습니다.
한때 국회의원 선거운동을 하다가 상대 지지자들로부터 각목으로 머리를 맞은 후 바보가 되었다는 이야기도 있었지만, 그 누구도 그 장면을 본 적이 없기에 그 또한 확실한 것은 아니었습니다.
바보 삼촌은 연설을 아주 잘했으며, 가끔 새끼 염소를 방에서 재울 정도로 그 누구보다 가축을 사랑했습니다.

바보 삼촌은 겉과 속이 다른 사람은 아니었습니다. 그는 집 안팎에 몇 마리의 개와 닭과 오리와 새끼 염소 한 마리 그리고 정확하진 않지만 스무 마리가 넘는 토끼를 기르고 있었습니다.

마을 사람들이 그의 닭과 오리를 몰래 훔쳐 잡아먹고는 시치미를 떼는 것과 달리, 그는 단 한 번도 남의 가축을 훔치거나 자기가 기르는 짐승을 제 손으로 죽인 일이 없었습니다.

바보 삼촌은 말을 잘 듣지 않는 가축을 마당에 있는 십자가 기둥에 오래도록 묶어 두고 묶인 가축 앞에서 며칠 밤낮 설교를 하기도 했습니다. 어떤 날엔 갑자기 눈빛이 사나워진 바보 삼촌이 자기 엄마를 십자가 기둥에 묶어 놓기도 했는데, 마을 사람들은 그가 한눈을 파는 사이 몰래 줄을 풀어 엄마를 피신시키기도 했습니다.

바보 삼촌의 엄마는 날이 밝으면 돌아가라는 마을 사람들의 만류에도 불구하고 아들을 굶길 수는 없다며 다시 어두운 집으로 돌아가곤 했습니다.

자주 토끼장의 토끼가 사라지는데도 바보 삼촌만 그 사실을 모르고 있었습니다. 마을 사람들이 족제비가 한 짓이라고 거짓말을 할 때마다 바보 삼촌은 그저 웃기만 했습니다.

3장

장마가 찾아왔고, 비가 오래도록 그치지 않자 마을 사람들은 점점 무료해지기 시작했습니다. 몇 날 며칠 동안 쏟아지던 비가 그치자, 사람들은 기다렸다는 듯이 잔인해졌습니다.

오래 내리던 비가 그치면 마을에서 유일하게 시멘트 바닥이 깔려 있는 마을회관 공터는 어른들의 놀이터이자 가축 도살장으로 돌변했습니다.

질퍽한 골목 안에서 요란한 괴성과 함께 철사로 네 발이 꽁꽁 묶인 흑돼지가 손수레에 실려 등장하자 때맞춰 마을 사람들이 모여들었습니다. 이미 도착해 돼지를 기다리고 있던 몇몇 사람의 손엔 칼과 망치, 양동이와 주전자가 들려 있었습니다.

시멘트 바닥에 누워 발버둥 치던 돼지가 똥을 쌌고, 누군가 돼지의 배를 발로 걷어찼습니다. 바닥에 누운 돼지는 괴로운 듯 꿀꿀거렸고 사람들은 돼지를 둘러싼 채 웃거나 떠들기만 했습니다.
벽돌을 쌓아 만든 화덕 위 가마솥에서는 부글부글 물이 끓었습니다. 젖은 장작이 돼지 얼굴에 흰 연기를 내뿜었지만 돼지는 이미 지쳤는지 연기 속에서 가쁜 숨만 몰아쉬고 있었습니다.

"정식이 왔나?"
손수레에 돼지를 싣고 온 사람이 큰 망치를 들고 바보 삼촌의 이름을 불러보았지만, 바보 삼촌의 모습은 보이지 않았습니다. 그는 키가 컸는데 돼지 얼굴을 자세히 들여다보며 무언가를 찾고 있는 듯했고, 그럴 때마다 등을 활처럼 구부려야 했습니다.

한순간 둔탁한 소리와 함께 마을회관 공터에 돼지의 비명이 울려 퍼졌습니다. 발이 묶인 돼지가 갑자기 두 뼘 정도 허공으로 튀어 오르더니 이내 바닥으로 고꾸라졌습니다. 사람들은 당황했고, 키 큰 사람은 손에 들고 있던 망치를 바닥에 떨어뜨렸습니다.

"아무나 할 수 있는 일이 아니라니까 그러네!"
누군가 꾸짖듯이 소리쳤습니다.
그때, 바보 삼촌이 나타났습니다. 발악하는 돼지를 둘러싼 사람들을 비집고 들어선 그의 손엔 작은 장도리가 들려 있었습니다. 사람들은 바보 삼촌에게 자리를 비켜주었고, 그는 한 손으로 고통스러워하는 돼지의 널찍한 이마 어딘가를 짚었습니다. 순간, 장도리가 허공을 갈랐고 '툭' 하는 소리와 함께 돼지는 몸을 바르르 떨며 더 이상 움직이지 않았습니다.

바보 삼촌은 돼지의 숨을 완전히 끊지는 않았는데, 그것
은 바보 삼촌만이 할 수 있는 어려운 기술이었습니다. 이
때 누군가 칼을 들고 보란 듯이 돼지의 목을 겨누었습니
다. 가쁜 숨을 몰아쉴 때마다 구멍 뚫린 돼지 목에서 붉
은 피가 쏟아져 나왔습니다.
사람들은 피가 빠져나간 돼지의 몸에 적당히 끓는 물을
부어가며 주전자 뚜껑을 이용해 검은 털과 피부를 벗겨
나갔습니다.
작은 웅덩이에 피와 섞인 비가 흥건하게 고였습니다.

한참 후 검은 돼지가 하얀 돼지로 바뀌었을 때, 잠시 굳
어있던 사람들의 표정도 그제야 조금씩 밝아지고 있었습
니다.

4장

"만약, 바보 삼촌이 국회의원이 된다면 우리 마을은 지금보다 더 유명해지고 살기 좋은 마을이 될 거야."
큰형이 친구들에게 말했습니다. 큰형은 친구들처럼 바보 삼촌의 연설을 흉내내면서 웃거나 하진 않았습니다.

더 이상 어미 토끼가 새끼들을 물어 죽이지 않게 되었을 때, 토끼장에서 살아남은 새끼는 다섯 마리뿐이었습니다.

형들은 고민하기 시작했습니다. 바보 삼촌에게 새끼 두 마리를 갖으면 세 마리가 남게 되는데, 새끼 세 마리로는 만화책 전집과 새 신발을 사고 싶었던 큰형의 바람과 맞바꿀 순 없을 것 같았습니다. 그마저도 토끼장은 너무 좁고 새끼들은 계속 자라고 있었습니다.

엄마는 토끼장이 더 이상 커지는 걸 원하지 않았습니다. 형들 또한 엄마의 꾸중과 잔소리가 듣고 싶지 않았습니다. 토끼장 청소를 제때 하지 않아서 풍기는 지린내는 물론이고, 부주의해서 떨어뜨린 검고 동그란 토끼똥이 마당에 굴러다니는 것을 엄마는 그다지 달가워하지 않았습니다.

형들이 내린 결론은, 새끼 세 마리 중 두 마리는 바보 삼촌에게 맡겨 키우고 나머지 한 마리만 집에서 키우는 것이었습니다. 형들은 내게 새끼 토끼를 관리하게 했는데, 거기엔 엄마의 잔소리에 대한 방패막이로 막내인 나를 이용하겠다는 계산이 깔려 있었습니다.

"이젠 너도 컸으니까 책임이란 걸 좀 알아야 해."

작은형이 붉은 눈의 새끼 토끼를 내 품에 안겨 주며 말했습니다.

엄마는 형들이 바보 삼촌 집에 가는 걸 못마땅하게 여겼지만 단호하게 막지는 않았습니다.

형들은 새끼 토끼를 각각 한 마리씩 안고 바보 삼촌 집으로 향했습니다. 나도 새끼 토끼를 안은 채 종종걸음으로 형들을 뒤쫓아갔습니다. 그러다가 멀리 바보 삼촌네 마당에 박힌 십자가 기둥이 보일 때쯤 나는 걸음을 멈추었습니다. 형들이 어두운 집 안으로 사라졌다가 다시 밖으로 나올 때까지 나는 먼발치에서 십자가 모양의 기둥을 쳐다보았습니다. 한참 동안 가슴이 쿵쾅거렸고, 나는 새끼 토끼를 더욱 힘껏 안았습니다.

마당에 박힌 십자가 기둥 앞에서 연설을 할 때, 바보 삼촌은 늘 검은 넥타이를 목에 걸었습니다. 벌거벗은 몸에 팬티만 입고 연설을 할 때도 있었는데, 그때도 검은 넥타이를 목에 둘렀습니다.

큰형 말대로 바보 삼촌이 국회의원이 된다면 우리 마을은 지금보다 더 유명해지겠지만, 사람들은 지금보다 훨씬 더 불편해질 것 같았습니다. 바보 삼촌이 국회의원이 되면 사람들은 돼지나 오리 등 가축을 죽이고 싶을 때 더 이상 바보 삼촌을 공짜로 부를 수 없을 테니까요.

나는 바보 삼촌의 연설 내용을 알아들을 수 없었습니다. 하지만 마을 사람들은 그의 연설을 들을 때마다 틀린 말은 아니라며 고개를 끄덕이곤 했습니다. 사람들은 자기 손에 짐승의 피를 묻히고 싶지 않다는 이유 하나만으로도 바보 삼촌의 소란을 충분히 참고 견뎠습니다.

5장

아침 8시만 되면 어김없이 마을에 사이렌 소리가 울려 퍼졌습니다. 시계가 없는 뒷집 최 씨네 할머니도, 시계를 제대로 볼 줄 모르는 나 역시도 아침에 사이렌 소리가 들리면 영락없이 8시라는 걸 알 수 있었습니다.

사이렌 소리는 마을 옆에 있는 미군부대에서 울리는 것이었습니다. 사이렌이 시계를 대신해 울어주는 일이 언제부터 시작되었는지 정확히 아는 사람은 없었습니다. 하지만 그 누구도 그것에 대해 알고 싶어 하지 않았습니다.

나에게 길들여지고 있는 토끼처럼, 사람들은 사이렌 소리에 길들여져 살고 있었습니다. 사이렌 소리에 맞춰 밥을 먹거나 일을 시작해야 하는 건 아니었지만, 사람들은 웬만하면 사이렌 소리에 맞춰 하루 일을 시작하곤 했습니다. 새벽부터 들판에 나가 일을 하던 사람들도 8시 사이렌 소리가 울리면 논을 빠져나와 밥을 먹거나 다시 밭일을 하러 가기도 했습니다.

낮 12시에도 정오의 사이렌 소리가 울렸는데, 아침 8시의 그것보다 그 소리를 따르는 사람이 더 많았습니다.

정오의 사이렌이 울리자 나는 갑자기 배가 고파졌습니다. 밭에 나가 다정하게 잡초를 뽑던 엄마와 송 씨네 할머니도 사이렌 소리를 듣자 하던 일을 멈추고 집으로 돌아왔습니다. 나는 형들이 학교에서 돌아오기 전까지 토끼를 책임져야 했으므로, 토끼장이 있는 봉당을 멀리 벗어날 수는 없었습니다. 물론, 새끼 토끼는 여전히 내 품에 안겨 있는 시간이 많았습니다.

마을회관 옆에 세워진 망대 꼭대기에도 사이렌이 있었지만, 사람들은 망대 위에 붙어 있는 사이렌이 울리는 걸 좋아하지 않았습니다. 그것은 주로 밤에 울리곤 했는데, 망대에서 사이렌이 울린다는 것은 마을에 위급한 상황이 벌어졌다는 것을 뜻했기 때문이었습니다. 겨울 한밤 누군가의 집에 불이 났을 때, 여름엔 장맛비와 밀물이 겹쳐 바닷가 둑이 무너졌을 때 사정없이 사이렌이 울리곤 했습니다. 마을에 위급한 일이 터지면 누구라도 망대 위로 기어올라가 사이렌을 울려야 했습니다.

며칠 전 한밤중에도 사이렌이 울리자 사람들은 익숙하게 삽과 가마니와 횃불을 들고 서둘러 어둠 속으로 사라졌습니다. 그리고 새벽이 되어서야 다시 지친 몸을 이끌고 마을로 돌아왔습니다.

한바탕 소동을 끝낸 마을의 아침은 평화롭기 그지없었습니다. 하지만 아침 8시만 되면 울려 퍼지는 미군부대 사이렌 소리는 터진 둑을 막고 돌아와 늦잠에 빠진 사람들이 겨우 지켜낸 아침의 짧은 평화를 너무 빨리 깨워버리곤 했습니다.

엄마는 밥을 지으며 언제나 매운 연기 때문에 눈물을 흘리곤 했는데, 엄마를 울게 한 게 연기 때문만은 아니라는 걸 나중에 알게 되었습니다. 잠이 깬 나는 새끼 토끼를 품에 안은 채 부엌으로 가 엄마 옆에 앉아 잠이 덜 깬 목소리로 간밤에 꾸었던, 아빠가 어디론가 사라져버린 무서운 꿈 이야기를 엄마에게 들려주었습니다.

"그건 꿈이 아니란다. 밤중에 사이렌이 울려서 아빠가 사람들과 함께 둑을 막으러 급히 갔다 오셨거든."

나를 쳐다보던 엄마가 연기 때문에 눈물이 글썽글썽한 눈으로 웃으면서 말해 주었습니다.

나는 품 안의 새끼 토끼가 너무 가냘프다고 생각했지만, 너무 안고 다니면 내 가슴에 길들여진 토끼가 깡충깡충 뛰는 것을 잊을 수도 있다는 엄마의 충고를 받아들이기로 했습니다. 나는 밖으로 나와 마당에 가만히 토끼를 놓아주었습니다. 새끼 토끼는 태어난 후 첫발자국을 흙 위에 남기며 조심스레 움직였습니다.

형들이 챙겨 놓은 아카시아 잎을 한 움큼 집어 어미 토끼에게 줄 때까지 사이렌은 울리지 않았고, 어느새 나도 아침 사이렌 소리를 기다리게 되었습니다.

또다시 미군부대에서 사이렌이 울렸습니다. 사이렌 소리에 맞춰 사람들은 하나둘 들판으로 사라지거나 하는 일도 없이 분주해지기 시작했습니다.

토끼들만 사이렌 소리에 길들여지지 않은 것 같았습니다. 그러나 토끼들 또한 사이렌 소리에 길들여진 나에게 다시 길들여질 것이므로, 결국 사이렌은 마을 전체를 길들여버린 셈이 되었습니다.

6장

기어코 일이 터졌습니다. 바보 삼촌이 자기 엄마를 또다시 십자가 기둥에 묶어 놓았던 것입니다. 마을 사람들은 먼발치에 서서 혀를 차거나 발만 동동 구를 뿐, 누구 하나 마당의 십자가 기둥을 향해 다가가지 않았습니다.

바보 삼촌은 마당을 왔다 갔다 하면서 큰소리로 연설을 했습니다. 마당가에 무성하게 자란 옥수수 잎사귀들만이 그의 말에 귀를 기울였습니다.

파출소는 너무 멀었고, 또 신고를 해도 아무런 소용이 없다는 것을 사람들은 잘 알고 있었기에 그저 이상해진 바보 삼촌 정신이 제대로 돌아오기만을 기다릴 뿐이었습니다.

"대통령이 될 사람에게 왜 밥을 안 주는 거요!"
바보 삼촌이 소리를 지르자, 기둥에 묶인 바보 삼촌 엄마가 울기 시작했습니다. 사실, 바보 삼촌 엄마는 한 번도 아들의 밥을 굶긴 적이 없었습니다. 그런데 왜 바보 삼촌이 그런 말을 하는지 알 수가 없었습니다.

태양은 이글거렸고, 구경하던 사람들은 피하는 게 상책이라고 말하며 하나둘 집으로 돌아갔습니다. 나는 사과 궤짝 안에 담겨 있는 새끼 토끼가 걱정되었지만, 집으로 돌아갈 수는 없었습니다. 끝까지 지켜보는 것이 바보 삼촌 엄마를 위하는 일이라는 생각이 들었기 때문입니다.

바보 삼촌의 이름은 김정식입니다. 원래 서울에서 살았는데 재혼한 엄마를 따라 우리 마을에 와서 살게 된 것이라고, 언젠가 엄마와 옆집 송 씨네 할머니가 말하는 것을 들은 적이 있었습니다.

느슨하게 묶였는지, 아니면 바보 삼촌 엄마 몸이 너무 말
랐기 때문인지 몰라도 기둥에 엉킨 줄이 아래로 흘러내렸
습니다. 그런데도 바보 삼촌 엄마는 도망치려 하지 않았습
니다. 여전히 기둥에 몸을 기댄 채 울고만 있었습니다.

이때, 오토바이를 타고 그 앞을 지나가던 윗동네 오토바
이 아저씨가 갑자기 오토바이를 세우더니 기둥 쪽으로 뚜
벅뚜벅 걸어가기 시작했습니다. 월남에도 다녀왔다는 뚱
뚱한 오토바이 아저씨 팔뚝엔 녹색 뱀이 그려져 있었는
데, 그는 언제나 끈 풀린 검은 군화를 신고 다녔습니다.
흠칫 놀란 바보 삼촌은 작대기를 손에 쥐었고, 오토바이
아저씨는 아랑곳하지 않고 바보 삼촌에게 다가갔습니다.
순간, 바보 삼촌이 작대기를 휘둘렀습니다. 아! 어깨를 맞
은 오토바이 아저씨가 짧게 비명을 질렀습니다. 오토바이
아저씨는 큰 소리로 욕을 하며 왼손으로 작대기를 잡더
니 바보 삼촌 얼굴을 향해 커다란 주먹을 날렸습니다. 모

든 것이 순식간에 벌어진 일이었습니다.

너무나도 무서운 나머지 나는 울음을 터뜨렸습니다. 밭일을 다녀오던 영복이네 할머니가 흙 묻은 손으로 나를 달랬고, 더위를 피해 집으로 돌아갔던 사람들도 하나둘 다시 바보 삼촌네 집 근처로 모여들기 시작했습니다. 그러나 사람들은 여전히 십자가 기둥에 다가가지 못하는 구경꾼일 뿐이었습니다.

바보 삼촌은 두 손으로 얼굴을 감싸며 땅바닥에 고꾸라졌습니다. 오토바이 아저씨는 넘어진 바보 삼촌의 목을 군홧발로 짓밟으며 욕을 퍼붓기 시작했습니다. 그때, 갑자기 바보 삼촌 엄마가 오토바이 아저씨를 거세게 밀쳤습니다. 작은 몸에서 어떻게 그런 힘이 나왔는지, 오토바이 아저씨가 기우뚱거리며 뒤로 한 걸음 발을 뺐습니다. 바보 삼촌 엄마는 쓰러진 아들을 끌어안고 서럽게 울부짖기 시작했습니다.
오토바이 아저씨는 하마터면 넘어질 뻔했던 자세를 바로

잡았습니다. 그러더니 누구에게 하는 말인지 알 수 없는 욕 한마디를 내뱉고는 툭툭 옷을 털고 오토바이와 함께 사라졌습니다.

잠시 후 맥빠진 표정으로 일어난 바보 삼촌은 작대기를 든 채 토끼장이 있는 뒤란으로 사라졌고, 바보 삼촌 엄마는 기둥 앞에 주저앉아 오래도록 땅을 치며 울었습니다.

바보 삼촌은 대통령이 되는 게 꿈이었나 봅니다. 아직 누구에게도 말하진 않았지만, 사실 내 꿈도 대통령이 되는 것이었습니다. 하지만 나는 꿈을 바꾸기로 마음먹었습니다. 아직 다른 꿈을 정한 건 아니지만, 대통령은 되고 싶지 않았습니다.

7장

일요일에는 사이렌이 울리지 않았습니다. 대신 아침 10시에 마을 입구 말랭이고개 위에 있는 작은 교회에서 종이 울렸습니다. 생긴 지 얼마 되지 않은 교회는 쓸모가 없어진 창고 건물을 수리해 쓰고 있었는데, 종탑만큼은 창고 지붕보다 높게 해서 새로 지었습니다.

산고개 하나만 더 넘어가면 거기에 신자가 많은 큰 교회가 있었으므로, 마을 사람들은 말랭이고개 위의 교회를 작은 교회라고 불렀습니다.

처음엔 아무도 작은 교회에 나가지 않았습니다. 여러 가지 문제가 있는 사람들은 샘터에 있는 무당 아줌마를 불러다 굿을 하거나 솔숲에 사는 박수무당 아저씨를 찾아가기도 했습니다. 큰 교회에 다니는 사람들은 아무래도 작은 교회보다는 큰 교회에 다니는 것이 병 치료가 더 잘된다고 말했는데, 나는 교회 다니는 것과 병 치료가 무슨 상관이 있는지 알 수가 없었습니다.

어느 날, 용철이 아저씨네 할머니가 작은 교회에 나가 기도를 하고 나서 씻은 듯이 병이 나았다는 소문이 퍼지자 사람들이 하나 둘 작은 교회를 찾아가기 시작했습니다.
마을 사람들이 너도나도 미신이라며 앞샘 무당 아줌마 곁을 떠나갈 때도, 엄마는 교회에 나가지 않고 앞샘 무당 아줌마 집엘 가곤 했습니다. 그 덕분에 나는 친구들처럼 일요일만 되면 억지로 교회에 끌려가지 않아도 되었습니다. 그 시간에 토끼와 놀아주거나, 마을 형들과 함께 엄마 몰래 구기자밭에 구기자를 따러 가기도 했습니다.

엄마는 가끔 앞샘 무당 아줌마를 불러와 굿을 했습니다. 왜 굿을 하는지 내게 말하진 않았지만, 갑자기 엄마가 우는 날이 많아졌기 때문에 나는 엄마에게 슬픈 일이 생긴 거라고 짐작했습니다. 잠결에 아버지가 빚보증을 잘못 섰다는 얘길 들었지만, 나는 그것이 얼마나 슬픈 일인지는 알지 못했습니다.

내가 모르는 슬픔이 엄마를 힘들게 하자 엄마는 자주 앓기 시작했습니다. 아플 때마다 엄마는 힘든 걸음을 겨우 옮기며 물탱크 마을에 있는 간호사네 집엘 갔습니다. 미군부대 철조망 옆에 아주 큰 물탱크가 서 있었는데, 그것 때문인지는 몰라도 어느 날부터인가 사람들은 그 마을을 물탱크라고 불렀습니다.

마을 과수원집 맏딸인 간호사네 집 아줌마는 서울에서 간호사로 일한 적이 있다고 했습니다. 이혼 후 고향 마을로 돌아왔지만, 아줌마 오빠는 마을 사람들 보기 창피하다며 멀찌감치 떨어진 물탱크에 집 한 채를 얻어주었습니다. 아줌마는 간호사네 집이라 불리는 그 집에서 사람들에게 주사를 놔주고 수고비를 받아 생활했습니다. 물론, 아줌마가 면허도 없으면서 의사처럼 치료하고 있다는 사실은 공공연한 비밀이었습니다.

엄마는 아프고 슬플 때마다 간호사네 집에 가서 오래도록 누운 채 포도당 영양 주사라는 것을 맞았습니다. 나는 벽에 매달린 둥근 병에서 엄마 팔을 향해 똑똑 떨어지는 물방울을 세다가 엄마 곁에서 잠이 들곤 했습니다.

나는 큰형을 따라서 산 너머 큰 교회에 일곱 번, 작은형을 따라서 고개 위 작은 교회에 세 번 간 적이 있습니다. 큰 교회에서 열리는 여름성경학교엔 일주일 동안 한 번도 빠지지 않고 출석하면 열두 가지 색 크레파스를 받을 수 있었고, 작은 교회에서 열리는 여름성경학교엔 세 번만 가도 공책과 연필을 받을 수 있었습니다.

작은형을 따라서 작은 교회에 갔을 때, 나는 목사 아저씨가 종을 울리는 것을 눈앞에서 본 적이 있습니다. 목사 아저씨가 종탑에 걸린 굵은 동아줄을 손에 쥐고는 주저앉듯이 잡아당겼다가 끌려가기를 한두 차례 반복하자 드디어 종이 울렸습니다.

종을 울린 목사 아저씨가 내 손에 동아줄을 쥐여주었지만 나는 주저했습니다. 한 번이라도 종을 내 손으로 울리게 되면 계속해서 교회에 다녀야 할 것만 같은 생각이 들었기 때문이었습니다.

나는 바보 삼촌의 십자가 기둥을 생각했습니다. 바보 삼촌이 자기 엄마를 십자가 기둥에 묶었을 때, 마을 사람들이 그 장면을 외면한 이유를 조금은 알 것도 같았습니다. 여름성경학교에서 십자가에 묶인 예수님을 모르는 척한 사람들 이야기를 들었기 때문인데, 나는 바보 삼촌이 작은 교회에 나와 종을 치면 좋겠다는 생각을 했습니다.

나는 쇠방망이가 둥그런 종을 두드리는 모습을 종탑 아래에서 똑똑히 볼 수 있었습니다. 뎅그렁, 종이 울리자 내 몸도 따라서 울렸습니다. 마치 종소리가 착하지, 착하지, 하면서 엄마 손처럼 내 머리를 쓰다듬어 주는 것 같았습니다.

8장

작은 교회 종소리가 울릴 때, 나는 옆집 누나와 함께 말랭이고개를 넘어 구기자밭으로 향했습니다. 작은 교회 앞을 지나 깨진 유리가 촘촘히 박힌 돼지 할아버지네 담장을 끼고 뒤로 돌아가면 거기, 기다란 구기자밭이 있었습니다.

한쪽 다리를 절룩거렸던 구기자 집 주인아저씨는 아이들에게 덩치에 맞는 깡통을 골라 주었는데, 깡통 크기에 따라 받는 돈의 액수도 달랐습니다. 미제 버터 깡통 한가득 구기자를 다 채우면 팔백 원, 작은 꽁치 통조림 깡통에 구기자를 한가득 채우면 삼백 원을 받을 수 있었습니다. 이미 도착한 서너 명의 아이들이 각자 제 몸 크기에 맞는 깡통을 들고 아침이슬이 채 마르지 않은 구기자 덩굴 속으로 사라졌습니다.

나는 제일 작은 꽁치 통조림 깡통을 받았습니다. 쇠파리 크기만 한 구기자 열매를 깡통 하나 가득 채우기 위해서는 해 질 무렵까지 덩굴 사이를 무릎 꿇고 기어 다녀야만 했습니다. 구기자는 아주 작았고, 그에 비해 빈 깡통 소리는 너무도 컸습니다. 나는 키가 작아 무릎을 꿇지 않아서 좋긴 했지만, 대신 높은 곳의 구기자는 내 것이 될 수 없었습니다. 점점 뜨거워지고 배가 고파왔지만 옆집 누나가 시키는 대로 나는 참아야만 했습니다.

엄마는 내가 구기자밭에 온 줄 몰랐습니다. 빨리 집으로 돌아가서 새끼 토끼에게 먹이를 주어야 하는데 꽁치 깡통엔 구기자가 절반도 채워지지 않았습니다.

깡통의 크기는 모두 달랐지만 받는 돈은 거의 비슷했습니다. 주인아저씨는 깡통에 구기자가 가득 차지 않으면 자기 마음대로 가격을 매겼습니다. 구기자밭에서 일요일 한나절을 보낸 마을 아이들은 주인아저씨 기분에 따라 돈을 받아야 했습니다. 하지만 모두 만족했고 고맙게 여겼습니다. 나는 어른들 기분이 항상 좋을 수는 없겠지만, 일요일만이라도 주인아저씨 기분이 즐거웠으면 좋겠다고 옆집 누나에게 말했습니다.

그러자 옆집 누나가 시큰둥하게 대답했습니다.

"그럴 순 없을 거야. 우리 아버지를 보면 알 수 있어."

구기자가 깡통에 가득 채워지지 않았지만 결국, 옆집 누나와 나는 밭에서 그만 일어서야만 했습니다. 엄마가 걱정할 시간이 지났기 때문입니다. 내 손엔 이백 원이 쥐어졌습니다. 나는 그 돈으로 점방에서 파는 화약을 사고 싶었습니다. 하지만 엄마는 분명 안 된다고 말할 것이므로, 나는 마땅한 쓰임새가 생길 때까지 당분간 아무도 몰래 돈을 감추기로 했습니다. 돈을 어디에 감출 것인가를 고민하는 일은 힘들지만 즐거운 일이기도 했습니다.

구기자를 따서 받은 돈 이백 원을 주머니 속에 넣고 이
런저런 생각을 하며 집으로 돌아왔을 때, 엄마는 봉당을
가로질러 안채와 바깥채 서까래에 묶여 있는 빨랫줄에서
빨래를 걷고 있었습니다. 형들은 보이지 않았고, 마루 위
밥상엔 밥과 반찬, 숟가락이 놓여 있었습니다.
　"한 번 끼니를 놓치면 죽을 때까지 그 밥을 찾아 먹을
수 없단다."
물독에서 물을 떠다 주며 엄마가 말했습니다.

내 밥그릇은 작았지만, 숟가락만큼은 막내인 내 것이 집
안에서 제일 컸습니다. 아버지가 구해다 준 미제 군용
숟가락은 깊고 튼튼했기에 밥을 많이 담을 수 있었을 뿐
만 아니라, 약을 먹을 때도 딱 좋았습니다. 엄마는 마이
신이나 알약을 잘 삼키지 못하는 내게 잘게 부순 약 가
루와 물을 숟가락에 담아 새끼손가락으로 저어 먹이곤
했습니다.

나는 주머니 속의 돈을 만지작거리며, 빨래를 안고 멍하니 생각에 잠겨 있는 엄마 얼굴을 몇 번이나 쳐다보았습니다. 아무래도 옆집 누나랑 구기자밭에 다녀온 이야기를 해야 할 것만 같았습니다.

"엄마, 내가 돈 줄까?"

엄마는 빨래를 끌어안은 채 돌아서면서 내가 이해할 수 없는 엉뚱한 말을 하며 웃었습니다.

"그래, 내가 너희들 때문에 산다."

엄마가 웃자 비로소 바지랑대 끝에 앉았다 도망친 잠자리가 다시 돌아와 제자리에 앉았습니다.

9장

오토바이 아저씨 이름은 조영하였습니다. 아저씨가 탄 오토바이 소리만 들려도 울던 아이들이 울음을 그쳤고, 그늘 밑에서 막걸리를 마시던 마을 사람들도 슬그머니 일어나 자리를 피했습니다.

오토바이 아저씨는 윗동네에서 제일 덩치가 컸습니다. 팔뚝에는 뱀과 총, 숫자 7과 한문이 그려져 있었습니다. 사람들 말에 의하면, 월남에 싸우러 갔다가 다리에 총을 맞고 돌아왔다는데 그게 사실인지는 알 수 없었습니다.

아저씨는 늘 색이 바랜 군복을 걸쳤는데 단추를 잠그지 않아 튀어나온 배가 그대로 보였습니다. 오토바이를 타고 하루에 두 번 순찰하듯 마을을 돌아다니곤 했는데, 그때 마다 바람에 옷이 날려 둥그런 배가 더욱 잘 보였습니다. 종종 점방 앞에 오토바이를 세워 놓고는 손으로 뱃가죽을 쥐어 보이며 월남에서 베트콩이 자기 배를 칼로 찔렀지만, 뱃가죽이 너무 단단해서 오히려 칼이 부러졌다는 둥, 피 한 방울 흘리지 않고 베트콩 가죽을 벗겼다는 둥 무시무시한 소리를 했습니다. 아저씨는 다른 사람이 마시려고 따라 놓은 막걸리를 자기 것처럼 마시고는 미안하단 말 한마디 없이 오토바이 소리만 남겨 놓고는 바람처럼 사라지곤 했습니다.

나는 길가에 서 있다가도 저 멀리 오토바이 아저씨만 보이면 곧장 집으로 달려가 토끼장 문이 제대로 잠겼는지 확인하곤 했습니다. 지난겨울, 오토바이 아저씨가 처마에 토끼를 매달아 놓고 산 채로 가죽을 벗기는 것을 본 적이 있기 때문입니다.

그날 저녁, 엄마는 필자네 집에 가서 도토리묵을 사 오라는 심부름을 시켰고, 나는 양푼과 돈을 들고 집을 나섰습니다. 아직 해는 지지 않았지만, 딴짓을 하다가는 금방 어두워질 게 뻔했으므로, 나는 눈이 채 녹지 않은 좁은 골목을 빠져나와 걸음을 재촉했습니다. 옆집 누나와 함께 손과 볼을 대고 언 몸을 녹이던 말 못하는 아저씨네 굴뚝을 지나 막 바보 삼촌네 집 앞을 지나갈 때, 나는 보았습니다. 오토바이 아저씨가 처마 끝에 무언가를 매달아 놓고 조심스레 잡아당기고 있는 것을.

그것은 살아 움직이고 있는 커다란 토끼였습니다. 지는 해가 눈부시게 비추었으므로, 대롱대롱 매달린 흰 토끼는 한순간 오히려 검게 보이기도 했습니다. 바보 삼촌은 그저 웃으며 오토바이 아저씨를 바라볼 뿐이었고, 끈 풀린 군화를 신은 오토바이 아저씨는 마치 옷을 벗기듯 토끼 가죽을 벗겨내고 있었습니다.

깜짝 놀란 나는 울면서 집으로 달려갔습니다. 도토리묵

을 사러 가야 했지만, 이미 묵 같은 건 머릿속에 없었습니다. 퇴근하는 아버지를 집 앞에서 만난 나는 오토바이 아저씨가 토끼를 매달아 가죽을 벗긴 이야기를 하면서 몸을 떨었습니다. 아버지는 놀란 나를 꼭 안아주면서 몇 번이나 괜찮다는 말을 되풀이했습니다. 그리고 나지막한 소리로 엄마를 불렀습니다. 저녁밥을 짓고 있던 엄마는 빈 양푼을 보고는 어떻게 된 일인지 물었고, 나는 아버지 손을 놓지 않고 눈물만 뚝뚝 떨어뜨렸습니다.

엄마는 배가 고프더라도 조금만 기다려 달라고 아버지에게 말한 후 나에게서 건네받은 돈과 양푼을 들고는 급히 밖으로 뛰어나갔습니다. 나는 아버지 손을 이끌고 천천히 걸어가 토끼장 문이 잘 잠겼는지 확인했습니다. 엄마가 묵을 사서 돌아올 때까지 나는 아버지 곁을 떠나지 않았습니다.

오토바이 아저씨는 마을 사람들의 부탁을 받고 쥐약을 집어삼킨 미친개를 잡아가기도 했습니다. 사람들은 오토바이 아저씨가 미친개를 잡아먹었을 것이다, 그렇지는 않을 것이다 주장하며 내기를 했습니다.

오토바이 아저씨는 토끼 가죽은 물론 덫을 놓아 잡은 족제비의 갈색 털가죽도 벗겨서 내다 팔았습니다. 족제비 털은 비싼 옷에 쓰이는 거라 가격도 비쌀 것이라고 사람들이 말하곤 했습니다.

분명한 것은, 그날 오토바이 아저씨는 정말 피 한 방울 흘리지 않고 산 토끼의 가죽을 벗겨냈다는 것입니다.

10장

필자네 아줌마는 도토리묵을 만들어 팔았습니다. 필자라는 이름의 큰딸은 서울로 돈 벌러 가고 집에 없었지만, 사람들은 그 집을 필자네로 불렀습니다.

필자네 아줌마는 가을만 되면 산에 가서 도토리를 주웠습니다. 다람쥐가 겨울을 나기 위해 도토리를 모으듯, 아줌마도 가을만 되면 하루건너 하루씩 밀가루 포대 하나 가득 도토리를 주워왔습니다. 구원들이라 불리는 들판을 가로질러 가면 장단이라 불리는 마을이 있었는데, 장단 마을 숲에는 졸참나무랑 상수리나무가 많아서 필자네 아줌마는 가을만 되면 숲에 들어가 하루 종일 도토리를 줍곤 했습니다.

나는 작년 가을에 형들과 참나무 둥지에 숨어 사는 사슴벌레를 잡으러 갔다가 상수리나무에 기대어 도시락을 먹고 있던 필자네 아줌마를 본 적이 있었습니다. 그때 잎이 무성한 참나무에 갑자기 바람이 불었는데 빵모자를 눌러 쓴 것 같은 모양의 도토리가 서너 개 툭툭 소리를 내며 떨어지기도 했습니다.

마을 사람들은 필자네 아줌마가 만든 도토리묵이 제일 맛있다고 했습니다. 다른 집에서도 도토리묵을 만들었지만 쓴맛이 많이 났고, 필자네 아줌마가 만든 도토리묵은 쫄깃하고 또 쓴맛도 없었습니다. 찾는 사람이 많아지자 필자네 아줌마는 아예 마을 사람들을 상대로 도토리묵 장사를 시작했습니다. 지난겨울, 나는 저녁마다 양푼을 들고 필자네 아줌마에게 도토리묵 심부름을 다녔습니다.

"아, 살아 있었구나!"

어느 날, 새벽에 라디오를 듣던 아버지가 흥분한 듯 큰 소리로 말했습니다. 일본 경찰을 피해 중국으로 도망갔던 필자네 아줌마 오빠가 방송국으로 편지를 보내온 것이었습니다. 해방이 되어도 돌아오지 않고 전쟁이 끝나도 소식이 없었기에 사람들은 필자네 아줌마 오빠가 죽었을 것으로 생각했었습니다.

아버지는 라디오에서 들은 사실을 필자네 아줌마에게 알려 주었고, 마을 사람들도 신기하다는 듯 한동안 필자네 아줌마 오빠가 보낸 편지 이야기를 했습니다. 아버지는 글을 쓸 줄 모르는 필자네 아줌마를 대신해 긴 편지를 써서 중국의 흑룡강성이란 곳으로 보내주기도 했습니다. 그 뒤 몇 달 간격으로 편지가 오갔으며, 나는 새벽마다 아버지 옆에 앉아 토끼처럼 귀를 쫑긋 세운 채 라디오 아나운서가 읽어주는 편지를 듣곤 했습니다.

"흑룡강성에 사는 오빠가 한국에 사는 여동생에게~"

여자 아나운서가 편지를 읽기 시작하면 엄마 입에서 짧은 탄성이 흘러나오기도 했습니다.

엄마는 저녁때뿐만 아니라, 이른 새벽 일 나가는 아버지 밥상을 차릴 때도 김치와 무친 묵을 밥상에 올리곤 했습니다. 어쩌다 일찍 잠에서 깬 나는 엄마가 눈 덮인 김칫독에서 얼음이 숭숭 붙어 있는 배추김치를 꺼내 도마에 올린 후 칼로 써는 모습을 흐린 눈으로 바라보곤 했습니다. 엄마가 언 김치에 칼질을 할 때마다 서걱거리는 소리가 났습니다.

하지만 묵은 조용했습니다. 엄마가 칼질을 할 때도 묵에서는 아무런 소리가 나지 않았습니다. 어떤 때는 묵 써는 소리보다 부엌 살강 너머 뒤란에 내리는 싸락눈 소리가 더 크게 들리기도 했습니다.

엄마가 밥상을 바닥에 내려놓을 때, 묵무침이 담긴 언 그릇이 스케이트를 타듯 밥상 위에서 죽 미끄러지기를 했습니다. 아버지는 듣고 있던 라디오를 끄고는 말없이 밥을 먹었고, 나는 졸린 눈을 부비며 아버지 옆에 앉아 하품을 하곤 했습니다. 그럴 때마다 아버지는 그중 두툼한 묵 한 조각을 젓가락으로 집어 내 입안에 쏙 넣어 주었습니다.

아버지가 쥔 젓가락 끝에 매달린 묵 한 조각이 부르르 떨리는 게 보였습니다. 가끔 묵 조각이 내 입안에 들어오기 직전 방바닥에 떨어지곤 했는데, 내가 손으로 아무리 조심스럽게 집어 올리려고 해도 묵은 금방 뭉개져 버렸습니다. 아버지는 어떻게 그 얇은 젓가락으로 미끈미끈하고 물컹물컹한 묵을 집어 내 입에 넣어 줄 수 있었는지 알 수 없었습니다. 젓가락으로 너무 세게 집으면 묵이 부서지고 너무 약하게 쥐면 묵을 집어 올릴 수 없다는 것은 누구나 아는 사실이었지만, 그렇다고 누구나 젓가락으로 묵을 쥘 수 있는 것은 아니었습니다.

11장

새끼 토끼가 왠지 이상하다는 생각이 든 건 지난 일요일
이었습니다. 구기자밭에서 돌아온 후 먹이를 주기 위해
종이상자 안을 들여다봤을 때, 새끼 토끼는 어디가 아픈
듯 축 늘어져 있었습니다. 작은형이 틈틈이 돌봐주었기에
걱정을 하진 않았지만, 어린 내가 어린 토끼를 책임진다
는 게 쉬운 일은 아니었습니다.

새끼 토끼도 나도 엄마가 필요할 때였습니다. 나는 언제

나 엄마에게 안길 수 있었지만, 새끼 토끼는 엄마 곁에 갈 수 없었습니다. 형들은 어미 토끼가 몇 번 더 새끼를 낳을 수 있다고 믿고 있는 것 같았습니다. 나는 새끼 토끼를 품에 안고 민들레와 씀바귀가 많이 자라고 있는 집 근처 둑으로 향했습니다.

"잘 봐, 하얀 게 나오지? 이게 토끼가 좋아하는 풀에만 들어있는 우유 같은 거야!"
언젠가 작은형이 씀바귀와 민들레 잎을 손으로 잘라 보이면서 내게 설명해 준 적이 있었기에, 나는 풀밭에 나가 잠시만이라도 새끼 토끼를 놓아주고 싶었습니다.
풀밭에 내려놓자 놀란 듯 주변을 살피던 새끼 토끼는 잠시 후 풀을 뜯어 먹기 시작했습니다. 토끼풀을 좋아하는지 작은 토끼풀 잎사귀 몇 개를 부지런히 뜯어 먹기도 했습니다. 씀바귀도 입에 대긴 했지만 많이 먹지는 않았습니다. 새끼 토끼는 나처럼 쓴 것을 싫어하지는 않는 것 같았습니다.

내가 새끼 토끼에게 그랬던 것처럼 엄마도 내게 씀바귀나물을 많이 먹어야 한다고 말했습니다. 더위를 먹었는지 밥 먹는 게 부실하다며, 엄마는 씀바귀를 뜯어다가 고추장에 무쳐 반찬을 만들었습니다. 씀바귀나물을 먹으면 밥맛이 좋아져 밥을 많이 먹게 된다고 엄마가 말했습니다. 나는 할 수 없이 맛이 쓴 씀바귀나물을 억지로 먹을 수밖에 없었는데, 씀바귀나물을 먹자 신기하게도 엄마 말처럼 밥맛이 좋아지기 시작했습니다. 그날 이후, 나는 쓴 약이 몸에 좋다는 말을 이해하게 되었습니다.

작은형은 내게 토끼가 좋아하는 것과 싫어하는 것에 대해 자세히 말해주었습니다. 작은형은 갑자기 어려워진 집안 형편 때문에라도 토끼 키우는 일보다는 공부를 더 열심히 해야겠다고 다짐한 것 같았는데, 나는 너무 놀기만 좋아하는 것 같아서 조금 미안해지기도 했습니다.

"토끼가 제일 좋아하는 풀은……."
작은형은 밖에 나가 직접 뜯어온 풀을 내 앞에 펼쳐 놓고는 일일이 설명을 해주었습니다. 토끼는 쓴맛이 나는 풀을 좋아하는데, 씀바귀, 민들레, 칡넝쿨 등 잎이나 줄기를 잘랐을 때 하얀 즙이 나오는 풀이면 더욱 좋다고 했습니다.

그리고 토끼를 풀밭에 풀어 놓았을 때 크게 걱정하지 않아도 된다고도 말했습니다. 토끼는 자기 몸에 나쁜 음식은 절대 먹지 않기 때문이라고 내게 말할 때는 보란 듯이 손가락으로 자기 머리를 가리키기도 했는데, 나는 그것을 토끼도 작은형처럼 똑똑하다는 것을 표현한 것이라고 생각했습니다.

조만간 어미 토끼까지 내 담당이 될지도 모르겠습니다. 형들은 당분간 토끼에게 정성을 쏟기보다는 공부하는 일에 좀 더 시간을 써야 한다고 생각하는 것 같았습니다. 공부만이 빚보증 때문에 힘들어하는 엄마 아버지를 위로하는 길이며, 또 엄마 아버지로부터 칭찬을 받을 수 있는 유일한 방법이라는 것도 형들은 알고 있었습니다.

형들은 잘 모르겠지만, 사실 나도 엄마 아버지 눈치를 볼 때가 있습니다. 엄마 아버지 사이에서 잠을 자는 나는 밤마다 엄마 아버지의 걱정스런 한숨 소리를 듣곤 했는데, 내가 엄마 아버지를 위해 할 수 있는 건 아무것도 없다는 생각이 나를 슬프게 만들기도 했습니다. 가끔 엄마 아버지가 뽀뽀할 때 잠든 척을 한 적은 있었지만, 그러다가 정말로 금방 잠이 들었기에 잠든 척 하는 건 그다지 힘든 일은 아니었습니다.

엄마와 아버지가 자식들을 책임지기 위해 힘들지만 열심히 살아가는 것처럼, 나도 토끼를 책임지기 위해 좀 더 열심히 씀바귀를 뜯어와야겠다고 생각했습니다. 그리고 내년에 학교에 가면 공부를 열심히 해야겠다는 생각도 해보지만, 공부하는 게 토끼를 책임지는 일보다 어렵지 않았으면 좋겠습니다.

12장

커다란 미군 헬리콥터가 바깥뜰 한가운데 떨어진 것은 내가 막 어미 토끼와 새끼 토끼의 물을 갈아주고 난 뒤였습니다.

나는 하루에도 몇 번씩 물을 갈아주며 토끼들을 살피곤 했는데, 날씨가 너무 더우면 토끼들은 마치 죽은 것처럼 움직이지 않고 가만히 있었기 때문입니다. 며칠 전에는 꿈쩍도 않는 새끼 토끼가 정말로 죽은 줄 알고 두 손으로 몸통을 받쳐 들고는 귀에 대고 심장이 뛰는지 확인한 적도 있었습니다.

방학하는 날이라 일찌감치 학교에서 돌아온 형들이 흥분한 목소리로 엄마에게 헬리콥터 추락 사실을 전했습니다. 형들 말에 따르면, 12시 사이렌 소리가 울리고 30분쯤 지나 바깥뜰 논 위에 낮게 떠 있던 헬리콥터가 중심을 잃고 갑자기 논바닥으로 처박혔다고 했습니다. 마침 논에 가던 이장님이 그 장면을 목격하고는 헐레벌떡 집으로 뛰어와 아리랑고개 너머에 있는 파출소와 미군부대에 신고를 했는데, 아직 아무도 도착하지 않았다고 했습니다.

형들은 말을 끝내기 무섭게 가방을 마루에 던져 놓고는 밥도 먹지 않은 채 바깥뜰을 향해 달려갔습니다. 어떻게 알았는지 마을 사람들도 웅성거리며 논둑길을 가로질러 바깥뜰로 향했습니다. 오토바이 아저씨도 뒷자리에 바보 삼촌을 태운 채 굉음을 울리며 집 앞을 지나갔고, 점방 주인 여 씨 아저씨도 자전거 페달을 부지런히 밟으며 바깥뜰로 향했습니다.

"엄마, 우리도 구경 가요. 네?"

나는 형들이 아무렇게나 던져놓은 가방을 집어 들던 엄마를 보고 애원하듯 말했습니다. 정말로 땅바닥에 내려앉은 헬리콥터를 보고 싶었기 때문입니다. 나는 날아가는 헬리콥터는 하루에도 열 번 이상 볼 수 있었지만, 지금까지 단 한 번도 땅 위에 내려앉은 헬리콥터를 본 적은 없었습니다.

마을 옆 미군부대에는 아주 넓은 비행장이 있었고, 하루에도 셀 수 없을 만큼 크고 작은 비행기들이 뜨고 내렸습니다. 지붕 위로 낮게 지나가는 헬리콥터 때문에 창호지를 바른 방문이 두두두두 떨리기도 했습니다. 나는 헬리콥터를 잠자리비행기라고 불렀는데, 헬리콥터는 잠자리보다 더 높이 날았고 매미보다도 훨씬 더 시끄러웠습니다.

엄마도 나처럼 바깥뜰에서 벌어지고 있는 일에 대해 궁금해하는 눈치였습니다. 내가 졸라대자 엄마도 싫지는 않은 듯 가서 형들을 데리고 오자며 내 손을 잡고 대문을 나섰습니다. 그때, 뽀얀 먼지를 일으키며 파출소 소장 아저씨가 오토바이를 타고 달려갔고, 그 뒤를 커다란 미군 트럭이 기다란 연통으로 검은 연기를 내뿜으며 쫓아가고 있었습니다.

파출소는 미군부대 후문이 있는 마을에 있었습니다. 경찰관 아저씨 두 명이 파출소를 지키며 근처 여러 마을에서 생기는 나쁜 일들을 도맡아 처리했습니다.

버스 정류장이 있던 미군부대 후문 마을에는 표 씨네 정육점과 이발소, 창고와 다방, 쌍둥이네 세탁소 등이 있었습니다. 마을 사람들이 어쩌다 읍내에 다녀오려면 이곳 버스 정류장에서 내린 후 산길과 고개 세 개를 넘어야만 했습니다. 아버지는 매일 이 길을 걸어 미군부대로 일을 다녔습니다.

엄마와 나는 바깥뜰로 나가지 않고 마을과 들판 사이에 있는 높은 둑 위에 올라가 들판을 내다보았습니다. 마을 사람들이 마치 줄을 맞춘 것처럼 논두렁 위에 일렬로

서 있었습니다. 아까 집 앞을 지나간 트럭에서 내린 미군들이 진흙투성이가 된 헬리콥터 조종사를 논둑 위로 꺼내 올리는 모습이 보였습니다.

헬리콥터 꼬리는 옆 논으로 날아갔고, 논바닥 여기저기 헬리콥터 파편이 박혀 있었습니다. 파출소장 아저씨가 큰소리로 경고했는데도 사람들은 조각 난 헬리콥터 파편을 하나씩 챙기고 있었습니다.

엄마는 큰소리로 형들을 불렀지만, 형들은 부서진 헬리콥터 근처에서 오래도록 움직이지 않았습니다. 미군 트럭이 헬리콥터 조종사를 태우고 급하게 어디론가 달려갔고, 또 다른 헬리콥터가 바깥뜰 위에서 빙빙 돌다가 서해 바다 쪽으로 날아갔습니다.

오토바이 아저씨가 헬리콥터 바퀴를 오토바이 뒷자리에 싣고 쏜살같이 들길을 빠져나가자 마을 사람들도 하나둘 마을로 돌아오기 시작했는데, 더러 헬리콥터에서 튀어나온 부품 같은 것을 몰래 들고 오기도 했습니다.

엄마는 내게 너는 절대로 저런 짓을 하면 안 된다고 얘기했지만, 형들이 주워온 부러진 헬리콥터 안테나에 대해선 아무 말도 하지 않았습니다.

며칠 후, 나는 구원들 공터에서 여물을 먹고 있는 장 씨네 소를 보았습니다. 그런데 장 씨네 소의 목줄이 헬리콥터 바퀴 안에 들어있던 무거운 쇳덩어리에 묶여 있었습니다. 여물을 담아 놓은 소 밥그릇은 헬리콥터 바퀴 정 가운데를 둥글게 반으로 잘라놓은 것이었습니다. 오토바이 아저씨가 들판에 추락한 미군 헬리콥터 바퀴를 훔쳐와 통째로 장 씨 아저씨에게 팔아넘긴 것이었습니다.

마을 사람들은 장 씨네 소를 묶어둔 둥근 쇳덩어리와 고무로 된 여물통이 원래는 미군 헬리콥터에 붙어 있던 물건이었다는 걸 알고 있었습니다. 하지만 누구 하나 그것에 대해 뭐라고 말하는 사람은 없었습니다. 왜냐하면, 대부분의 마을 사람들 집에는 훔친 미제 물건이 한두 개쯤은 있었기 때문입니다. 담장 대신 집 밖에 두른 철조망이며 빨랫줄로 쓰이는 낙하산줄, 빗물을 받아두는 커다란 드럼통 같은 게 집집마다 있었습니다. 심지어 불난 집에 불을 끄러 온 미군 소방차 운전석 거울을 뜯어다가 세수할 때 들여다보는 거울로 사용하는 집도 있었습니다.

어쨌든 나는 소원대로 땅 위에 내려앉은 헬리콥터를 볼 수 있었습니다. 하지만 내려앉은 헬리콥터와 함께 보지 않으면 좋았을 것들도 보게 되었습니다. 아마도 나는 커가면서 보면 안 되는 것들을 많이 보게 될 것이고, 만지면 안 되는 것들을 더 많이 만지게 될 것입니다. 그렇게 어른이 될 것입니다.

그러나 논바닥에 추락한 미군 헬리콥터 주변에 있던 사람들처럼, 어른이 된다는 게 남의 불행이나 구경하는 구경꾼이 되는 것이라고 생각하니 조금 슬퍼졌습니다.

13장

오토바이 아저씨는 비밀이 많은 사람이었습니다. 하지만 그 비밀은 이미 마을 사람들이 다 알고 있는 것이었기에 비밀이라고 말할 수도 없는 것이었습니다. 마을 사람들은 오히려 '이건 비밀인데~' 하면서 자기들끼리 오토바이 아저씨네 비밀을 만들어 간직했습니다.

소문 중에는 오토바이 아저씨 부인 얼굴에 있는 흉터에 관한 얘기도 있었는데, 누구는 오토바이 아저씨가 주먹으로 때려서 생긴 것이라고 했고, 또 다른 누구는 오토바이 아저씨가 오토바이 기름을 얼굴에 붓고 불을 붙여서 그렇게 된 것이라고도 했습니다. 그러나 오토바이 아저씨 부인 얼굴을 제대로 들여다본 사람은 없었습니다.

오토바이 아저씨네 집은 윗동네 끝자락에 땅이 움푹 들어간 곳에 자리하고 있었습니다. 집터가 깊게 자리 잡고 있었기 때문에 길 위에서 보면 지붕밖에 보이지 않았습니다. 대문과 창문은 길 반대쪽에 있었는데, 가끔 다섯 살인데도 아직 말을 못하는 아저씨 딸이 세발자전거를 타고 놀다 집안으로 사라지곤 했습니다. 사람들은 오토바이 아저씨 딸이 벙어리 같다고 말하기도 했습니다.
오토바이 아저씨는 비나 눈 오는 날만 빼고 언제나 마당에 나와 기름 수건으로 오토바이를 닦거나 헐렁해진 나사를 조이곤 했습니다.

나는 가끔 엄마 손을 잡고 그 집 앞을 지나가곤 했습니다. 미군부대 후문 마을 닭집에 통닭을 사러 가거나 조금 더 멀리 떨어진 둔포장에 갈 때, 엄마는 큰길 대신 그 집

대문 앞으로 연결된 지름길을 이용하곤 했습니다.

어느 날, 나는 대문을 반쯤 열고 엄마와 얘길 나누고 있는 그 집 아줌마 얼굴을 볼 수 있었는데 마을 사람들 말처럼 얼굴에 무시무시한 화상이나 흉터는 없었습니다.

아줌마는 재봉 기술이 좋아서 헝겊만 있으면 무슨 옷이든 만들어냈습니다. 엄마는 가끔 천과 옷을 싸들고 오토바이 아줌마를 만나러 가기도 했습니다. 엄마 말에 의하면, 아줌마는 이마에 조금 큰 흉터가 있긴 하지만 머리숱을 내려 덮으면 흉터가 있는지 아무도 알 수 없게 가려진다고 했습니다.

언제부터 아줌마가 오토바이 아저씨 집에 들어와 살게 됐는지 정확하게 알려진 건 없습니다. 사오 년 전부터 오토바이 아저씨가 술에 취해 마을 사람들에게 행패를 부리는 일이 적어졌고, 또 언제부턴가는 어린 여자아이가 마당에서 뛰어놀게 된 것을 두고 사람들은 대략 오륙 년은 되지 않았을까, 추측만 할 뿐이었습니다.

오토바이 아저씨 딸이 다섯 살인데도 아직 제대로 말을

하지 못하는 것을 두고 엄마는 아줌마가 집 밖으로 나오지도 않고 성격 또한 조용한 편이라서 그런 거라고 말했는데, 조금만 기다리면 말문이 트일 거라고도 했습니다.

세상에는 참 비밀이 많은 것 같습니다. 그런데 사람들은 자기들이 만든 비밀 하나를 지키기 위해 두 개의 거짓말을 만들어내는 것 같았습니다. 오토바이 아저씨 딸이 다섯 살인데도 아직 말을 못하는 것은 벙어리이기 때문은 아니며, 그것은 엄마 말처럼 시간을 갖고 기다려주면 해결될 수 있는 문제였습니다. 그런데도 사람들은 벙어리라는 가짜 비밀을 만들더니 그 가짜 비밀이 탄로 날까 봐 자꾸 다른 거짓말을 지어냈습니다.

나에게도 비밀이 하나 있습니다. 지난 일요일 엄마 몰래 구기자 열매를 따러가서 받은 돈 이백 원에 대해 아직 엄마에게 말하지 않은 것이 그것입니다. 아무래도 엄마에게 솔직하게 고백하고, 좀 더 클 때까지는 비밀 같은 건 만들지 말아야겠습니다. 비밀을 지키기 위해서 자꾸 거짓말을 하는 게 옳은 일은 아닐 테니까요.

14장

내가 이른 아침부터 바쁘게 움직인 이유를 아무도 모르는 눈치였습니다. 그러거나 말거나 나는 서둘러 토끼장에 풀을 넣어주고 또 물까지 갈아주었습니다. 그리고 마루에 놓여 있던, 새끼 토끼가 든 종이상자를 방학이라 늦잠을 자고 있는 형들 방으로 살며시 옮겼습니다. 지금까지 내가 부지런히 토끼를 돌본 적이 없었기에 엄마도 조금 놀라는 것 같았습니다.

물론, 누가 시켜서 한 일은 아니었습니다. 그것은 내 마음이 시켜서 한 일이었습니다. 어젯밤 잠들기 전, 내일 아침엔 무슨 일이 있어도 일찍 일어나야 한다고 다짐했습니다. 왜냐하면 오늘은 엄마와 함께 둔포장에 가기로 한 날이기 때문입니다.

둔포는 경기도 땅이 아니라 충청도 땅이라고, 어제 저녁밥을 먹으며 작은형이 말해주었습니다. 나는 경기도 사람들이 왜 충청도로 장을 보러 가느냐고 물었고, 옆에서 잠자코 듣고 있던 아버지가 그건 둔포장이 평택장보다 우리 집에서 훨씬 가깝기 때문이라고 대답해주었습니다. 경기도 땅에 사는데 왜 충청도가 더 가깝다는 건지 이해할 수 없었지만, 그게 내일 아침 장에 간다는 사실보다 중요한 건 아니었습니다.

밥을 먹고 나서 작은형이 먼지 덮인 책꽂이에서 찾아낸 낡은 지도 한 장을 들고 나타났습니다. 지도는 네모나게 접힌 부분마다 종이가 해진 탓에 금방 찢어질 것만 같았습니다. 작은형은 보란 듯이 방바닥에 지도를 펼쳐 놓고는 우리 집이 어디에 있는지 설명하기 시작했습니다. 다행스럽게도 우리가 사는 곳으로는 접힌 자국이 지나가지 않았습니다.

우리 마을 이름은 지도에 나오지 않았습니다. 경기도 안에서 평택군을 찾았고 다시 팽성면이란 이름을 찾아냈습니다. 그 아래 충청남도 아산군 안에 작은 동그라미와 함께 둔포란 글자가 보였습니다. 작은형은 손가락으로 지도를 가리키며 평택읍보다는 둔포가 우리 마을과 훨씬 더 가깝다고 설명해 주었습니다. 내가 보기에도 우리 마을이 있다는 아산만과 둔포가 아주 가깝게 느껴졌습니다.

엄마는 내가 처음 보는 예쁜 옷을 꺼내 입었습니다. 그리고 역시 처음 보는 예쁜 양산도 펼쳐 들었습니다. 내게도 평소 잘 입지 않던 옷을 입혔는데, 나는 어딘지 모르게 불편하고 어색했지만 참았습니다. 잠에 빠진 형들을 깨워 몇 마디 다짐을 받은 후 엄마는 내 손을 잡고 집을 나섰습니다.

엄마와 나는 작은 교회가 있는 말랭이고개를 넘어 오토바이 아저씨네 집 앞으로 난 지름길을 따라서 걸었습니다. 숲 속에 커다란 동굴이 있는 선말고개를 넘어갈 때, 엄마 걸음을 쫓지 못한 나는 솔밭에서 잠깐만 쉬어가자고 졸랐습니다. 엄마는 평소와는 다르게 무서운 표정을 지으며 자꾸 힘들다고 투정을 부리면 이곳에 떼어놓고 갈 수밖에 없다고 말했습니다. 나는 눈물을 흘릴까 생각하다가 그만두었습니다.

아리랑고개를 넘어 미군부대 후문과 물탱크가 있는 마을을 지나자 너른 들판이 나타났습니다. 오직 멀리 논 가운데에 나무 한 그루만 서 있을 뿐이었습니다. 엄마는 들판으로 내려섰고, 나도 엄마를 따라 들길을 걸어갔습니다. 둘이 손을 잡고 걷기엔 좁은 논길이었으므로, 엄마가 앞장서 걸었고 나는 엄마 그림자를 밟으며 뒤따라 걸었습니다. 얼마 전부터 엄마에게 배우기 시작한 한글처럼, 논길은 ㄱ자로 꺾어지거나 ㄴ자로 꺾어지기도 했습니다. 길을 잘못 들면 ㄷ자로 꺾어져 한참을 돌아가야만 했습니다.

엄마는 오로지 논 가운데 서 있는 나무만 쳐다보고 걸었습니다. 그렇게 한 시간쯤 걸었을 때, 엄마와 나는 드디어 커다란 느티나무 앞에 도착할 수 있었습니다. 나무 옆엔 말로만 듣던 성황당이 있었고, 엄마는 붉은 천과 새끼줄을 두른 느티나무와 성황당을 향해 두 손을 모은 뒤 허리 굽혀 절을 했습니다.

엄마와 나는 성황당 옆에 있는 집에 들어가 물 한 모금을 얻어 마셨습니다. 잠시 마루에 걸터앉아 쉬고 있는데 그 집 할머니가 다가와 그새 많이 컸다며 내 머리를 쓰다듬어 주었습니다.

이번엔 둑 위를 한참 동안 걸어야만 했습니다. 수로엔 물이 출렁거렸고, 한낮인데도 서걱이는 부들밭과 갈대밭이 무섭게 느껴졌습니다. 엄마가 나를 장에 데려가는 이유가 둑길을 혼자 걷는 게 무섭기 때문일지도 모른다는 생각이 들었습니다. 둑 아래 개펄에선 발소리에 놀란 참게들이 정신없이 구멍 속으로 사라지곤 했습니다. 어느새 머리 위에서 해가 이글거리기 시작했습니다.

엄마와 나는 한 시간 정도 둑길을 걸어 드디어 둔포에 도착했습니다. 커다란 수문 옆을 지나 작은 골목을 빠져나가자, 바로 눈앞에 장터가 보였습니다. 바닥에 쌓여 있는 물건들과 스치듯 지나가는 많은 사람들, 내겐 모든 게 신기하게 느껴질 뿐이었습니다. 장사꾼들이 손짓하며 아줌마, 하며 큰소리로 엄마를 불렀습니다. 엄마는 물건을 흥정할 땐 내 손을 놓았는데 나는 어리둥절한 눈빛으로 주변을 둘러보기도 했습니다.

그때였습니다. 엄마가 내 옷을 고르며 옷장수 아줌마와 한참 이야기를 나누고 있을 때, 모르는 사람 손이 재빠르게 엄마가 걸친 가방 속으로 들어갔다가 나오는 것이 보였습니다. 모르는 사람의 손에 엄마 지갑이 들려 있었고, 나는 두 걸음 떨어진 곳에서 처음부터 그 장면을 다 보고 있었으면서도 입을 열어 소리치지 못했습니다.

"내 지갑!"
잠시 후, 옷 계산을 하기 위해 지갑을 찾던 엄마가 소스

라치게 놀라며 소리를 질렀습니다. 주변에 있던 사람들은 쳐다보기만 할 뿐, 이내 하던 일을 하거나 가던 길을 갔습니다. 나는 그제야 어떤 사람이 엄마 지갑을 훔치는 걸 봤다고 엄마에게 말했습니다. 엄마는 그때 왜 엄마를 부르지 않았느냐며 나를 꾸짖었고 나는 울음을 터뜨리고 말았습니다.

조심하라고 말해 주고 싶었지만 어떻게 할 수가 없었다고, 옷장수 아줌마가 미안한 표정을 지으며 엄마에게 말했습니다. 말했다간 나중에 소매치기꾼에게 해코지를 당하기 때문에 함부로 알려 줄 수 없었다고, 많은 돈이 아니면 그냥 잊어버리라고도 말해주었습니다.

엄마는 울고 있는 내 손을 잡고는 시장을 빠져나와 둔포로 시집간 고모를 만났습니다. 엄마는 고모를 만나자마자 언제 그랬느냐는 듯이 환하게 웃었습니다. 우리는 근처 식당에 가서 짜장면을 함께 먹었습니다. 아버지 여동생인 고모는 어릴 적부터 엄마와 친구였습니다. 엄마보다 먼저 결혼했고, 자기 오빠인 아버지를 엄마에게 소개시켜 주기도 했습니다. 고모부는 둔포에서 제일 큰 정미소를 운영하는 사장님이었습니다.

내가 왜 모르는 사람이 엄마 지갑을 훔치는 것을 보고도 소리 지르지 않았는지 알 수 없었습니다. 마치 가위에 눌린 것처럼, 소리치고 싶었지만 그럴 수 없었습니다.
엄마는 고모에게 돈을 빌려 내 옷과 꽈배기, 아버지 속옷과 누나 신발과 약 등 몇 가지 물건을 샀습니다. 엄마와 나는 걸음을 재촉하며 수문 옆을 지나 다시 둑길을 걸었습니다. 다시 성황당이 있는 느티나무 마을에 도착했을 때는 막 해가 질 무렵이었습니다.

이번에는 물을 얻어 마시지 않았고, 엄마와 나는 마을을 지나 들길을 걸었습니다. 나는 죄인이었으므로, 아무 말 없이 엄마 뒤를 따라 걷기만 했습니다. 그런데 갑자기 엄마 걸음걸이가 빨라지기 시작했습니다. 나도 따라서 걸음걸이에 속도를 냈습니다. 죄진 마음 한편으로는 내가 이토록 잘 걸을 수 있다는 사실이 대견스럽기까지 했습니다.

드디어 미군부대 후문 마을에 도착했을 때, 저 멀리 부대 후문 앞에서 도시락 가방을 든 아버지가 손을 흔들며 비탈길을 내려오고 있었습니다. 아침에 미리 만나기로 약속을 한 것 같았는데, 엄마는 아버지 퇴근 시간에 맞추기 위해 걸음을 재촉했던 것이었습니다.

나는 구세주라도 만난 것처럼, 태어나 처음으로 엄마 손을 뿌리치고 무작정 아버지를 향해 달려갔습니다.

15장

형들이 토끼를 키우게 된 것은 그다지 오래된 일은 아니었습니다. 집에서 키우던 커다란 검은 개가 갑자기 사라지고 난 뒤, 엄마는 슬픔에 잠긴 형들을 위해 토끼장 만드는 것을 허락했고 형들은 그때부터 크고 검은 개 대신 토끼를 기르게 되었습니다.

크고 검은 개는 착했습니다. 누구보다 형들을 잘 따랐는데 형들은 크고 검은 개를 검둥이라고 불렀고, 동생인 나보다 크고 검은 개를 더 좋아했습니다. 엄마는 크고 검은 개가 부엌까지 들어오는 것은 싫어했지만, 추운 날 온기가 남아있는 아궁이 앞에 쪼그리고 앉아 있는 것만은 그냥 내버려두었습니다. 잠만 같이 자지 않았을 뿐, 크고 검은 개는 우리 식구나 마찬가지였습니다.

"엄마, 검둥이 못 봤어요?"
학교에서 돌아온 작은형이 검둥이가 보이질 않자 마침 밭일을 마치고 돌아온 엄마에게 물었습니다. 엄마는 아무 말도 하지 않았습니다.
나는 오토바이 아저씨가 검둥이를 데리고 갔다고 작은형에게 말해주었습니다. 순간, 엄마가 나를 보면서 얼굴을 찡그렸습니다.
"엄마, 안 돼요!"
작은형이 울먹이기 시작했습니다. 엄마도 우는 것 같았는데, 작은형에게 사실대로 말한 나 때문에 엄마가 우는 것 같아서 나도 따라서 울고 말았습니다.

아버지는 서울에서 사업을 하는 작은아버지에게 빚보증을 서 주었는데 작은아버지 사업이 망해서 대신 아버지가 빚을 떠안게 되었습니다. 논이며 밭을 팔아서 메꾸었지만 돈이 많이 모자랐고, 이번엔 아버지가 빚을 지게 되었습니다. 그 무렵부터였을 겁니다. 밤마다 엄마가 울기 시작한 것은.

아버지는 미군부대 활주로 격납고에서 일을 했습니다. 겨울엔 주로 비행기 활주로에 내린 눈을 치우고, 나머지 시간엔 망가진 활주로와 격납고를 수리했습니다. 그런데 빚보증 문제로 고민을 하던 아버지가 건강까지 나빠지게 된 것이었습니다.

나는 잠결에 폐결핵이라는 말을 들었습니다. 심하진 않아서 약 먹고 밥 잘 먹으면 금방 낫는다며 별일 아니라는 투로 아버지가 말했고, 엄마는 울기만 했습니다.

다음날, 내가 봉당에서 흙을 파며 놀고 있을 때 옆집 사는 송 씨네 할머니가 찾아왔습니다. 엄마가 울면서 할머니에게 병 걸린 아버지 얘기를 했고, 할머니는 기름진 것을 먹여야 한다고 말했습니다. 그리고 그날 저녁, 엄마는 오토바이 아저씨 집에 다녀왔습니다.

"아버지가 건강해야 우리 가족이 산다!"
엄마는 무슨 각오라도 한 것처럼, 눈물을 흘리고 있는 형들에게 말했습니다. 형들도 집안에 문제가 생긴 것은 눈치채고 있었지만, 아버지가 아프다는 것은 처음 듣는 얘기였습니다. 그날 이후 그 누구도 엄마 앞에서 크고 검은 개에 대해서 말하지 않았습니다.

한동안 집안은 적막했습니다. 개 한 마리 사라졌을 뿐인데, 없어진 게 너무도 많았습니다. 형들은 말이 없어졌고 아버지 걱정 때문에 엄마 웃음이 사라졌으니 나 또한 마당에서 혼자 노는 게 재미있을 리가 없었습니다.
안 되겠다 싶었는지 엄마는 어디선가 하얀 강아지 한 마리를 데리고 왔습니다. 아마도 샘터 외숙모 집에서 데려온 것 같았습니다. 나는 엄마가 데려온 강아지를 하얗고 작은 개라고 부르기로 했습니다. 형들은 하얗고 작은 개를 거들떠보지도 않았습니다. 오로지 나 혼자 하얗고 작은 개와 놀아줄 뿐이었습니다.

엄마 정성 때문인지 몰라도 아버지는 금방 병이 나았습니다. 하지만 어려워진 집안 사정은 나아지지 않았습니다. 엄마도 아버지도 웃는 날이 점점 줄어들었습니다. 나는 하얗고 작은 개에게 앉거나 웃으라고 명령하며 훈련을 시키기도 했지만, 하얗고 작은 개는 어디가 아픈 듯 끙끙거리며 울기만 했습니다.

하얗고 작은 개는 시름시름 앓다가 얼마 지나지 않아 갑자기 죽어버렸습니다. 엄마는 죽은 강아지를 서둘러 길가 미루나무 밑동 근처에 묻어 주었습니다. 나는 하얗고 작은 개의 죽음이 실감 나지 않았기에 울지는 않았습니다. 하지만 키 큰 미루나무를 볼 때마다 하얗고 작은 개를 떠올렸습니다.
엄마는 크고 검은 개를 죽여 아버지 약으로 썼기 때문에 하얗고 작은 개가 죽은 것이라고 믿는 것 같았습니다.

샘터에 사는 무당 아줌마가 앞으로 개를 키워봤자 모두 죽을 것이므로 아예 개 키울 생각은 하지도 말라고 엄마에게 말했습니다.

나는 무서웠습니다. 죽음에 대해 한 번도 생각해본 적이 없었는데, 갑자기 크고 검은 개와 하얗고 작은 개의 죽음을 겪은 것입니다. 나는 개들의 죽은 모습을 보진 못했기 때문에 많이 슬프진 않았습니다. 하지만 형들은 크고 검은 개의 죽은 모습을 보지 못했는데도 아주 많이 슬픈 것 같았습니다.

형들처럼 나이를 좀 더 먹으면 슬픔이 더 오래간다고 생각하니 걱정스러워지기 시작했습니다. 하지만 빚보증 때문에 엄마 아버지에게 갑자기 찾아온 슬픔은 제발 오래가지 않았으면 좋겠다고 생각했습니다.

16장

예상대로, 미루나무 아래 묻힌 하얗고 작은 개는 샘터에
사는 외숙모네 집에서 가져온 것이었습니다. 외숙모 집에
서 기르는 하얗고 큰 어미 개가 다섯 마리의 새끼를 낳았
는데, 크고 검은 개 이야기를 들은 외숙모가 그 중 한 마
리를 엄마에게 준 것이었습니다.

외숙모는 엄마의 큰오빠 부인입니다. 그런데 큰외삼촌
은 부인이 두 명이나 되었습니다. 그러니까, 샘터에 사

는 외숙모는 큰외삼촌의 두 번째 부인이었습니다. 누구보다도 나를 귀여워해주었는데, 내가 가면 늘 미제 초콜릿이며 코코아 같은 것을 내놓곤 했습니다.

샘터에 사는 외숙모는 예쁘게 생겼지만, 딸인 수자 누나는 좀 뚱뚱했습니다. 수자 누나는 고등학교를 졸업하고 미군부대에 다닌 지 얼마 되지 않았는데도, 외숙모는 벌써부터 마땅한 사람을 찾아 시집보낼 궁리를 하고 있었습니다.

큰외삼촌은 정말 잘 생기고 똑똑했다고 엄마가 말하곤 했습니다. 젊은 시절 서울에서 자그마한 가죽공장을 운영했다는데, 외할아버지가 며느릿감을 미리 골라놓은 탓에 떠밀리다시피 결혼을 했다고 합니다. 한동안 집과 서울을 오가던 큰외삼촌은 어느 날부턴가 집에 내려오질 않았는데, 그 무렵엔 이미 뱃속에 수자 누나가 자라고 있었다고 샘터 외숙모가 엄마에게 말하는 걸 들은 적이 있었습니다.

샘터 외숙모는 큰외삼촌이 하숙을 하던 집의 딸이었고,

고등학교를 갓 졸업했을 때 큰외삼촌을 만났는데 처음엔 큰외삼촌이 결혼한 사람인 줄 몰랐다고 했습니다.

"얼마나 잘 생겼던지……."

샘터 외숙모는 분명 웃으면서 외삼촌 얘기를 하면서도 슬쩍 슬쩍 눈물을 닦아낼 때가 있었습니다.

큰외삼촌이 갑작스럽게 교통사고로 죽자 샘터 외숙모는 어린 수자 누나 손을 잡고 뱃속엔 둘째인 태경이 형을 임신한 몸으로 마을에 들어왔습니다. 남편이 죽자 마땅하게 기댈 곳이 없었다고 했습니다. 그러나 외가엔 이미 큰외삼촌의 첫째 부인이 살고 있었으므로 그곳에서 같이 살 수는 없었습니다. 사정을 딱히 여긴 친척들이 샘터에 있는 빈집을 사서 고친 후 외숙모가 살게 해주었습니다.

어른이 되면 슬픈 일이 많아지는 것 같습니다. 물론, 그 모든 슬픈 일들도 처음엔 기쁜 일로부터 시작되었을 겁니다. 크고 검은 개가 처음 우리 집에 왔을 때의 기쁨, 하얗고 작은 개가 태어났을 때의 기쁨, 큰외삼촌이 샘터 외숙모를 처음 만났을 때의 기쁨이 결국엔 슬픔으로 변해버렸습니다.

나는 큰외삼촌을 한 번도 본 적이 없지만, 샘터 외숙모 마음을 기쁘게 한 잘 생긴 얼굴일지라도 예쁜 외숙모를 슬프게 한 사람 같아서 좋아하지는 않기로 했습니다.

샘터 외숙모는 더 이상 개를 키우고 싶지 않다고 엄마에게 말했습니다. 며칠 전 어미 개가 무당 아줌마네 딸을 물어서 치료비를 내줬다고 했습니다. 무당 아줌마 딸은 새끼들 때문에 신경이 날카로워진 어미 개를 부지깽이로 때렸고, 화가 난 하얗고 큰 어미 개가 무당 아줌마 딸의 다리를 물었다고 했습니다. 어미 개를 이미 개장수에게 팔았고 며칠 뒤 데려 갈 것이라고 외숙모가 소곤거리며 엄마에게 말했습니다.

"도망가!"
샘터 외숙모네 집을 나오면서 나는 엄마 몰래 하얗고 큰 어미 개의 목줄을 풀어주었습니다. 하지만 어찌된 일인지 하얗고 큰 어미 개는 도망치지 않았습니다. 다만, 꼬리를 흔들며 내 얼굴을 바라볼 뿐이었습니다.

하얗고 큰 어미 개 옆엔 부쩍 큰 강아지 두 마리가 서로 장난치며 놀고 있었습니다. 나는 어렴풋하게나마 새끼를 부탁하는 어미 개의 눈빛을 이해할 수 있었습니다.

17장

나는 아버지가 일하는 곳엘 한 번도 가본 적이 없었습니다. 물론, 일찍 잠이 깬 날엔 출근하는 아버지 손을 잡고 마을 끝까지 갔다가 되돌아온 적은 많았습니다. 엄마는 아버지 뒷모습이 말랭이고개를 넘어 사라질 때까지 오랫동안 대문 앞에 서서 바라보곤 했습니다. 말랭이고개에서 아버지와 이별한 뒤 다시 집으로 돌아오는 동안 나는 댑싸리 위에서 잠든 잠자리를 잡거나 눈앞에서 사라진 송장메뚜기를 찾는 일에 정신이 팔려 한참이 지난 후에야 집으로 돌아올 때가 많았습니다.

아버지가 일하는 미군부대 활주로는 마을과 아주 가까이 있었지만, 아버지는 먼 길을 돌아다녀야만 했습니다. 미군부대로 들어갈 수 있는 문은 정해져 있었고, 아버지는 부대 후문으로 들어가 다시 차를 타고 일터로 가야만 했습니다.

마을에서는 미군부대 활주로와 격납고가 보였습니다. 그곳에서는 아침 8시와 낮 12시에 울리는 사이렌 소리보다 더 큰 비행기 소리가 들리곤 했습니다. 길고 가늘게 생긴 비행기가 날아오를 때면 아주 큰 소리가 났는데, 그럴 때마다 마을이 통째로 흔들리는 것 같았습니다. 또 헬리콥터가 날아오를 때 들리는, 바람이 땅을 치는 소리는 뒤란에 있는 수탉이 우는 소리와 비슷했지만 수탉 울음소리보다도 백 배는 더 크게 들렸습니다.

언젠가 미군부대 철조망 근처에 있는 따비밭에서 감자를 캐던 아버지가 손가락으로 둥근 지붕의 어떤 건물을 가리키며 그곳에서 일한다고 엄마와 내게 말한 적이 있었습니다. 나는 아버지에게 그곳에 가보고 싶다고 말했는데, 아버지는 그저 웃기만 할 뿐이었습니다.

나는 엄마가 곁에 있을 땐 봉당이나 마당에서 놀았지만, 엄마가 집에 없을 땐 친구들과 주로 마을 입구에 있는 도장산에 가서 놀곤 했습니다. 도장산은 아주 많이 높지는 않았지만, 그곳에 올라가면 마을 사람들이 바다라고 부르는 아산만과 그 반대편에 있는 미군부대가 한눈에 다 보였습니다. 옛날엔 도장산이 배를 타는 곳이었다고 아버지가 말해주었는데, 그러고 보니 우리 마을은 바다를 막아서 만든 땅인 간척지 위에 있었습니다.
한때 물고기들이 살던 바다 위에 지금 우리 집이 있다고 생각하니 기분이 조금 이상해졌습니다. 언젠가 세계에서 제일 높은 에베레스트 산도 옛날엔 바다였다고 큰형이 말해주었을 때, 나는 그냥 듣기만 했었습니다. 어떻게 바다가 세상에서 가장 높은 산으로 변했는지 이해할 수 없었기 때문이었습니다.

엄마는 급한 일이 생겼는지 둔포에 있는 고모네 집엘 다녀온다고 했습니다. 출근하는 아버지와 돈 얘기를 한 걸로 봐서는 고모에게 돈을 빌리러 가는 것 같았습니다.

엄마가 바쁜 걸음으로 말랭이고개를 넘어가는 것을 본 나는 친구들과 함께 도장산으로 달려갔습니다. 돈두암이라고 불리던, 산밑의 커다란 바위를 넘어가면 마을에서는 보기 힘든 굵은 모래가 있는 산비탈이 나타났습니다. 친구들과 나는 흙이 패여 밖으로 드러난 나무뿌리를 잡고 산비탈을 기어 올라갔습니다. 꼭대기에는 밖으로 튀어나온 작은 바위가 하나 있었고, 커다란 나무들이 빼곡하게 서 있었습니다. 나는 바위에 앉아 마을을 내려다본 후 멀리 하얀 비닐처럼 반짝이는 바다를 바라보았습니다.

바위는 그렇게 크지 않았기에 세 사람이 겨우 등을 맞대고 앉을 수 있었습니다. 친구들과 나는 경쟁이라도 하듯 산에 올라가자마자 먼저 바위에 앉았습니다. 산에 먼저 올라간 순서대로 일등부터 삼등까지만 바위에 앉을 수 있었던 것입니다. 나는 언제나 삼등으로 산에 올랐는데,

세 명은 얼마 동안 바위를 차지하고 놀다가 뒤늦게 도착한 아이들에게 바위를 물려주고는 산 반대쪽에 쓰러져 있는 참나무를 향해 달려가곤 했습니다.

늙은 참나무는 벼락을 맞고 쓰러졌는데 옆에 있는 소나무에 기댄 덕분에 뿌리가 완전히 뽑히지 않고 비스듬히 누운 채 살아 있었습니다. 나무 아래는 벼랑이었고, 나와 친구들은 공중에 떠 있는 나무 위에 앉아서 짜릿한 기분을 마음껏 즐기곤 했습니다.

나는 쓰러진 참나무 위에 걸터앉아 미군부대 활주로를 오래도록 바라보았습니다. 두 발을 허공에 두고 활주로를 쳐다보고 있는데 막 떠오른 비행기 아래로 언젠가 아버지가 알려주었던 둥근 지붕이 보였습니다. 나는 갑자기 아버지가 보고 싶어졌는데, 옆에서 두 발로 나무를 흔들던 친구가 미끄러지는 바람에 같이 절벽 아래로 떨어질 뻔했습니다.

절대로 도장산 나무 위에는 올라가지 말라고, 엄마는 가끔 신신당부한다는 말을 써가며 내게 부탁을 했습니다.

몇 년 전 나무 위에서 절벽 아래로 떨어진 남석이 형이
척추뼈를 다쳐 다리를 못 쓰게 되었기 때문입니다.

아버지가 있는 곳에 가기로 작정한 나는 눈대중으로 대
충 거리를 따져보았습니다. 뒷샘과 따비밭을 지나 황새울
논두렁 길을 조금만 걸어가면 얼추 아버지가 일하는 둥
근 지붕 건물에 도착할 수 있을 것 같았습니다.
나는 여 씨네 아저씨 아들인 상혁이에게 아버지한테 갈
건데 같이 가겠느냐고 물었고, 상혁이는 그러겠다고 대답
했습니다. 나는 아버지한테 가면 맛있는 것을 먹을 수 있
을 것이라고 상혁이에게 말했는데, 한 번도 아버지를 만
나러 간 적이 없었기에 거짓말은 아니었습니다. 나는 상
혁이와 함께 재빨리 나무에서 내려와 미끄러지듯 산비탈
을 내려갔습니다.

지붕이 둥근 건물은 나무 위에서 보던 것처럼 가깝지 않
았습니다. 뒷샘을 지나 따비밭을 가로질러 가면 금방 나
타날 줄 알았는데, 여전히 멀리 있었습니다. 논길로 접어

들어 수로를 따라 걷기 시작할 무렵, 상혁이가 집에 가겠다며 오던 길을 되돌아서 가버렸습니다. 나는 혼자 들판에 남겨졌고, 잠시 고민에 빠졌지만 마음을 바꾸지는 않았습니다. 조금만 가면 되는데도 나를 두고 가버린 상혁이가 미웠지만 내가 먼저 꺼낸 말이니 돌아가 버린 상혁이를 탓할 수만은 없었습니다.

'조금만 더 가면 아버지를 만날 수 있는데…….'

나는 미군부대 철조망을 향해 한 발 두 발 걸음을 옮기기 시작했습니다.

생각해보니 언제나 아버지를 기다리기만 했지 내가 먼저 아버지를 찾아간 적은 없었습니다. 기다리고 있으면 언제나 아버지가 나를 찾아와 머리를 쓰다듬거나 나를 들어 올려 안아주곤 했습니다. 하지만 지금은 내가 먼저 아버지를 만나러 가는 중입니다. 아버지가 깜짝 놀라는 장면을 상상만 해도 입가에 미소가 흘렀습니다.

한참 수로를 따라 걷다 보니 작은 수문이 나왔고, 거기에서 아예 길이 끝나버렸습니다. 미군부대 철조망이 눈앞을 가로막았는데, 모두 끝이 밖을 향해 ㄱ자로 구부러져 있었습니다. 좁은 도랑을 건너뛰자 철조망 코앞까지 다가갈 수 있었습니다. 철조망 아래는 도랑과는 달리 풀도 없었고 아주 말끔했습니다.

나는 철조망을 따라 둥근 지붕 건물 쪽으로 걷기 시작했습니다. 한참을 걸었을 때, 누군가의 고함 소리가 들려왔습니다. 고개를 들어보니 탑처럼 생긴 높다란 건물 위에서 경비원인 듯한 아저씨가 돌아가라며 나를 향해 소리치고 있었습니다.

"우리 아버지를 만나러 왔어요!"

나는 큰소리로 외쳤지만 아저씨 귀에 들리진 않는 듯했습니다. 아저씨는 사다리처럼 생긴 계단을 타고 내려와 내가 있는 곳으로 다가왔습니다. 나는 철조망 밖에서 철망을 붙잡고는 안을 들여다보며 서 있었습니다.

"너, 박 씨 아들 맞지?"

철조망 안쪽에서 경비원 아저씨가 물었습니다. 그렇다고

대답하는데 갑자기 눈물이 핑 돌았습니다. 아저씨는 주변을 한 번 살피더니 내게 철조망 아래쪽에 서 있으라고 말하고는 둥근 지붕 건물을 향해 뛰어갔습니다.

잠시 후, 아버지가 놀란 표정을 지으며 달려왔습니다. 아버지는 몇 번이나 어떻게 혼자 여기까지 왔느냐고 물었습니다. 그리고는 철조망 사이로 콜라 한 병을 건네주었습니다. 나는 뚜껑을 딴 콜라가 넘칠까 봐 손바닥으로 병주둥이를 막고서 조심스레 콜라를 건네받았고, 그날 처음으로 웃었습니다.

아버지는 혼자 집에 갈 수 있느냐고 거듭 물었고, 나는 시원한 콜라를 한 모금 마신 뒤 그럴 수 있다고 대답하며 고개를 끄덕였습니다.

내가 철조망을 떠나 다시 수로를 찾아 걸어 나올 때까지 아버지는 오래도록 철조망 안쪽에서 나를 보며 손짓했고, 나는 그런 아버지를 뒤돌아보며 자꾸 발을 헛디뎠습니다.

18장

"우리 막내가 토끼를 잘 키우네?"

새끼 토끼가 조금 큰 것 같다고 엄마가 웃으며 말했습니다. 나는 엄마 칭찬도 기분 좋았지만, 웃는 엄마 얼굴을 오랜만에 볼 수 있어서 더 좋았습니다.

이젠 종이상자가 비좁을 것 같아서 형들에게 어떻게 하면 좋겠냐고 물었지만 형들은 대답하지 않았습니다. 내가 어미 토끼가 있는 토끼장에 다시 새끼 토끼를 넣어주겠다고 말하자 형들은 그건 안 된다고 했습니다. 형들은 속으로 여전히 어미 토끼가 새끼를 더 낳을 수 있다고 여기는 것 같았습니다. 당연히 새끼 토끼를 다시 토끼장에 넣어주는 건 새끼를 만들어야 할 어미 토끼에게 방해만 될 뿐이라고 생각했던 것입니다.

나는 뒤란에 있는 닭장에 새끼 토끼를 넣어주면 어떨까 생각하다가 이내 고개를 도리도리 흔들고 말았습니다. 지난겨울, 족제비가 닭장 안으로 들어가 암탉을 물어 죽인 것을 보았기 때문입니다. 물론, 족제비를 본 것은 아니지만 엄마는 족제비가 한 짓이라고 말했습니다. 아버지는 엄마의 부탁을 받고 허술한 닭장 곳곳을 단속했지만 며칠 뒤 족제비는 또다시 암탉의 똥구멍을 물어 죽였습니다. 아버지는 덫을 놓기도 했지만 아무 소용이 없었습니다.
엄마는 그 무렵부터 예전보다 자주 닭을 잡았고, 닭과 마늘을 솥에 한가득 넣고 삶아서 밥상에 올리곤 했습니다. 엄마는 종종 족제비에게 닭을 바치느니 차라리 우리 식구 건강을 위해서 닭을 잡겠다고 말했습니다.

엄마는 바보 삼촌이나 오토바이 아저씨처럼 닭을 쉽게 죽이는 방법을 알지 못했습니다. 몇 번 바보 삼촌에게 닭을 잡아달라고 부탁했었는데 매번 그럴 수는 없는 일이었습니다.

닭을 죽이는 방법을 모르는 것은 둘째 치고 엄마는 닭장 속에 들어가 닭을 잡는 일조차 제대로 할 줄 몰랐습니다. 가끔 아버지나 형들이 도와주었지만, 저녁 밥상에 닭을 올리기 위해서는 아버지와 형들이 집에 없을 때도 닭을 잡아야만 했기에 엄마 스스로 문제를 해결해야 했습니다. 물론, 내가 도와주기도 했지만 엄마는 뒷집 수탉에게 이마를 쪼인 적이 있는 나를 닭장에 들여보내지는 않았습니다.

죽이려는 엄마나 죽어가는 닭이나 모두 참을성이 필요했습니다. 엄마는 암탉의 양 날개를 잡고는 미리 물을 담아 준비해 놓은 대야에 닭의 머리를 넣고 눌렀습니다. 닭에게 물을 먹여 죽이는 방법인데, 닭은 엄마 뜻대로 바로 죽지 않고 다리와 날개를 거칠게 움직이며 바동거렸습니다. 그럴 때마다 사방으로 요란하게 물이 튀었습니다. 닭은 10분이 지나도 익사하지 않고 버텼습니다. 어느 날부터인가 엄마는 나를 불러 물속에 잠긴 닭의 목과 머리를 누르게 했습니다. 나는 감긴 닭의 눈꺼풀이 파르르 떠는 것을 보면서도 닭의 머리를 누르고 있는 손을 떼지 않았습니다.

내가 닭을 죽이는 일에 가세하면서부터 엄마는 조금씩 요령을 터득했습니다. 엄마는 닭을 물에 넣어 익사시키기 전에 노끈으로 닭의 두 다리를 먼저 묶었는데, 이전보다 닭을 다루기가 훨씬 쉬워졌습니다. 나는 경찰이 나쁜 사람을 잡아갈 때 왜 수갑으로 두 손을 묶는지 알 수 있었습니다.

바보 삼촌이 닭을 잡는 방법은 닭의 깃털을 이용하는 것이었습니다. 바보 삼촌은 닭의 날갯죽지를 왼손으로 잡고는 오른손으로 닭의 날개에서 뾰족한 깃털 하나를 뽑은 후 그것을 바로 닭의 귀에 꽂았습니다. 깃털을 귀에 꽂아 넣자마자 닭은 목을 늘어뜨리며 더 이상 움직이지 않았습니다. 닭의 귀에서 피가 조금 새어 나올 뿐이었습니다.

오토바이 아저씨는 깃털이나 도구를 이용하지도 않았습니다. 아저씨는 한 손으로 닭의 날갯죽지를 잡고는 다른 손으로 닭의 양쪽 겨드랑이를 힘껏 눌렀습니다. 닭은 소리 없이 죽었고 피 한 방울 흘리지 않았습니다.

나도 언젠가는 바보 삼촌과 오토바이 아저씨에게 닭 죽이는 기술을 배워 엄마 대신 닭을 잡아야겠다고 생각했습니다. 하지만 그때까지 닭이 남아 있을지는 모르겠습니다. 소리 없이 닭을 죽이는 족제비와 그런 족제비에게 화가 난 엄마의 엉뚱한 복수심 때문에 지금 닭장 속에는 수탉 한 마리와 암탉 다섯 마리밖에 남아 있지 않기 때문입니다.

19장

족제비는 누나의 필통처럼 몸통이 좁다랗고 또한 길었습니다. 얼굴은 쥐처럼 뾰족하게 생겼는데 기다란 몸인데도 무척이나 빠르게 움직였습니다.

엄마는 빚보증을 세워 아버지를 힘들게 한 작은아버지에 관해 이야기할 때마다 '족제비도 낯짝이 있지' 라고 말했는데 나는 그게 무슨 뜻인지 알지 못했습니다.

한 번은 처마 끝에서 기둥을 타고 아래로 내려오던 족제비와 봉당에서 흙을 파며 놀던 내 눈이 딱 마주친 적이 있었습니다. 족제비는 발바닥에 접착제를 바르기라도 한 것처럼 기둥에 달라붙은 채 한동안 움직이지 않았습니다. 족제비와 나는 호기심 가득한 눈빛으로 서로를 쳐다보았습니다.

엄마는 허술한 닭장을 걱정했고, 나와 형들은 처마 밑의 토끼장을 걱정했습니다. 족제비가 암탉을 여러 마리 물어 죽였지만 아직 토끼장은 무사했습니다. 형들은 언제나 닭장보다 토끼장을 먼저 생각했습니다. 혹시라도 철사로 만든 그물에 구멍이 뚫리지는 않았는지, 사과 궤짝에서 뜯어낸 나무판자를 덧붙인 곳은 튼튼한지 살펴보곤 했습니다.

며칠 전에는 형들이 바보 삼촌 집에서 족제비 가죽을 하나 얻어와 토끼장 위에 보기 좋게 매달아 놓기도 했습니다. 족제비 가죽을 매달아 놓으면 그걸 본 족제비들이 겁을 먹고 도망간다는 얘기가 있었기 때문인데, 정말로 산 족제비들이 죽은 족제비의 가죽을 무서워하는지는 확인할 길이 없었습니다.

겨울만 되면 바보 삼촌 집 처마에는 벗겨진 족제비 가죽이 여러 개 매달려 흔들리곤 했습니다. 바보 삼촌은 올무나 덫을 이용해 족제비를 잡았고, 잡는 대로 가죽을 벗겨 바람에 말렸습니다. 족제비 가죽은 털목도리를 만들려는 사람들에게 팔렸고, 붓을 만들고자 하는 사람들에게 꼬리털이 팔리기도 했습니다. 마을 사람들은 무엇보다 닭이나 가축에게 피해를 주는 족제비를 바보 삼촌이 잡아 죽이는 것에 대해 무척이나 고맙게 생각했습니다.
어떤 사람은 족제비가 쥐를 잡아먹기 때문에 족제비를 잡아 죽이면 안 된다고 말하기도 했습니다. 하지만 사람들은 쥐를 잡는 것은 족제비보다 쥐약이나 고양이가 더 효과가 있다고 믿는 것 같았습니다.

지난겨울 어느 밤, 나는 아버지가 족제비 꼬리털로 만든 붓을 들고 글씨 쓰는 걸 본 적이 있습니다. 아버지는 신문지를 펼쳐 놓고는 길고 가느다란 붓에 먹물을 묻혀 한 자 한 자 정성 들여가며 한문을 썼습니다.

처음엔 무슨 내용인지는 알 수 없었지만 아버지가 정성을 다해 쓰는 거로 봐서는 아주 중요한 뜻이 담겨 있는 것 같았습니다. 한문은 그림 같기도 했는데 아주 복잡하게 느껴졌습니다.

"이게 네 이름이란다."

아버지는 한문으로 쓰인 내 이름을 가리키며 이름에 담긴 뜻을 설명해 주었습니다. 역시, 이름에는 아주 중요한 뜻이 담겨 있었습니다. 나도 모르는 뜻이 내 이름에 담겨 있다고 생각하니 갑자기 한문만큼이나 머릿속이 복잡해지기 시작했습니다.

아버지는 내가 태어나기 전에 엄마와 함께 내 이름을 미리 지어놓았다고 했는데, 아마도 세상에서 가장 좋은 뜻만 모아서 이름을 만들었을 것입니다.

나는 죽을 때까지 아버지가 지어준 이름을 가지고 살아

가야 합니다. 아버지 바람대로 이름에 담긴 뜻처럼 살았으면 좋겠다는 생각을 했습니다. 세상 사람들도 모두 엄마 아버지가 지어준 이름처럼 살아간다면 얼마나 좋을까, 하는 생각도 해보았습니다.

20장

내가 돌보는 토끼에 대해 가장 많은 관심을 가져주는 사람은 아버지였습니다. 오후 5시에 미군부대에서 퇴근하는 아버지는 1시간 뒤에는 어김없이 집에 도착해 옷을 갈아입고는 다시 일할 채비를 했습니다. 집으로 돌아오는 길에 사람들을 만나 인사를 나누더라도 한곳에 오래 머물지 않았으므로, 사람들은 아버지의 그런 모습을 보고 시계 같다는 말을 했습니다.

아버지는 자전거를 배우지 못했습니다. 그렇기 때문에 한 시간 정도 걸리는 미군부대 후문까지 출퇴근길을 매일 걸어서 다녀야 했습니다. 부대 안에서는 차를 타고 이동해야 했는데, 아버지는 그것도 좀 불편하다고 엄마에게 말하곤 했습니다. 미군부대 안은 모든 길에 아스팔트가 깔려 있기 때문에 자전거 타는 사람들도 쌩쌩 달린다고 했습니다. 아버지는 자전거를 배우지 않은 것을 후회하지 않았지만, 지금이라도 배웠으면 좋겠다고 엄마에게 말했습니다.

해 질 무렵이면 나는 언제나 마당 앞 큰길로 아버지를 마중 나갔습니다. 아버지가 도착하면 나는 도시락 가방을 받아들고는 재빨리 뛰어와 엄마에게 건네주곤 했습니다. 내가 폴짝거리며 뛸 때마다 도시락 속에 있는 젓가락도 따라 뛰었고 그럴 때마다 가방 속에서 달그락거리는 소리가 났습니다.

아버지는 막내인 나를 우리 집 기자라고 불렀습니다.

엄마가 소주 한 병과 고기 몇 점, 그리고 김치를 마루 위에 준비해 놓으면 아버지는 옷을 갈아입은 뒤 마루에 걸터앉아 소주를 마셨습니다. 아버지는 언제나 소주를 딱 석 잔만 마셨습니다. 그리고 나를 무릎 위에 앉히고는 그날 마을에서 일어난 일들에 대해 묻곤 했습니다. 아버지는 소주 석 잔을 천천히 마신 뒤 큰아버지네 논일이나 따비밭에 나가 한두 시간 밭일을 하고 돌아와 저녁밥을 먹었습니다.

물론, 형들은 자전거를 탈 줄 알았습니다. 누가 가르쳐 주지 않았는데도 친구들 자전거를 몇 번 굴리며 중심을 잡더니 금방 안장 위에 올라탔습니다. 엄마는 형들이 친구 자전거를 빌려 타는 모습을 볼 때마다 무언가 생각에 잠기는 듯했습니다. 자전거를 사주긴 해야 할 텐데, 돈이 없어서라기보다 자전거를 배우지 못한 아버지를 더 생각했던 것 같습니다.

엄마는 하루 종일 미군부대에서 일을 하고 돌아온 아버

지가 퇴근 후에도 들에 나가 일하는 게 싫었지만, 그렇다고 애써 말리지는 않았습니다. 다만, 자전거를 배워 다른 사람들처럼 자전거 위에 삽자루라도 싣고 다니면 덜 힘들지 않겠느냐고 아버지에게 말했습니다. 아버지는 그럴 때마다 웃으면서 삽을 어깨에 걸쳐 메고 집을 나서곤 했습니다.

그날 저녁, 엄마가 급하게 형들을 찾았습니다. 평소엔 엄마가 먼저 형들을 찾는 일이 많지 않았고, 형들도 학교 준비물 때문에 돈이 필요할 때를 제외하고는 웬만해서 엄마를 찾지 않았습니다. 엄마는 형들을 데리고 어딘가로 향했습니다.

잠시 후 자전거 한 대가 형들을 앞뒤에 태우고 나타나 마당을 빙빙 돌았습니다. 나는 소리를 지르며 그 뒤를 쫓았고, 마당에 바퀴 자국을 수없이 남긴 후 비로소 자전거에서 내린 형들에게 엄마는 아버지를 잘 붙잡아 드려야 한다고 당부했습니다.

엄마는 자전거를 못 타는 아버지에게 자전거를 배우게 할 참이었습니다. 마침, 중고로 자전거를 판다는 사람이 있었기에 그 자전거를 구입한 것이었습니다. 엄마 또한 자전거를 배우지 못했기에 형들을 데리고 가서 자전거를 끌고 온 것이었습니다.

새 자전거는 아니었지만 따르릉 울리는 종소리도 컸고, 무엇보다 안장 뒤 네모난 짐칸이 멋지게 보였습니다. 아버지가 자전거를 배우게 된다면 그곳 짐칸이 내가 앉게 될 자리였기 때문에 그렇게 보였을 것입니다.

아버지는 대문 앞에 세워진 자전거를 보고 웃기만 했습니다. 아니, 봉당에 깔아놓은 멍석 위에 앉아 저녁밥을 먹는 식구들 모두가 웃고 있었습니다. 큰형은 한 발로 페달을 밟고 중심을 잡는 것부터 배워야 한다고 말했고, 작은형은 아버지는 다리가 길어서 그냥 올라타 중심 잡는 것만 배우면 된다고 말했습니다. 엄마는 여전히 웃기만 할 뿐이었고, 물심부름을 하던 누나도 내 옆에 앉아 같이 웃었습니다.

아버지는 두 손으로 자전거 핸들을 꽉 잡았습니다. 그리고는 오른발을 번쩍 들어 올려 엉덩이를 안장에 걸쳤습니다. 뒤에서 큰형이 짐칸 모서리를 잡고 있었는데, 작은형도 여차하면 바로 달려들 자세로 큰형 옆에 서 있었습니다.

"자, 간다!"

드디어 아버지가 페달을 밟았습니다. 쓰러질 듯 휘청거리던 자전거가 얼마 못 가 자빠지고 말았습니다. 아버지는 멋쩍은 웃음을 지으며 툭툭 엉덩이를 털고 일어섰습니다. 형들이 몇 가지 주의사항을 아버지 등 뒤에 대고 말했습니다.

"아버지, 쓰러지는 쪽으로 핸들을 꺾지 마세요!"

자전거는 다시 굴러가기 시작했는데, 이번에는 몇 바퀴 구르지도 못하고 마당 끝 대파밭에 고꾸라지고 말았습니다. 아버지와 형들이 자전거와 뒤엉켜 비틀거리며 파밭에서 일어났고, 그 모습을 대문 안쪽에서 지켜보던 엄마와 누나가 깔깔거리며 웃었습니다. 누가 건드렸는지, 웃고 있는 엄마와 누나 머리 위에서 오 촉짜리 알전구가 그네를 타고 있었습니다.

결국, 아버지는 자전거를 배우지 못했습니다. 어찌 된 일인지 그날 이후 아버지는 더 이상 자전거에 오르지 않았고, 파밭에 고꾸라진 자전거처럼 빚보증 때문에 중심을 잡지 못하고 쓰러진 우리 집도 오래도록 일어나지 못했습니다.

21장

"식구가 많은 우리 집처럼, 종이상자는 토끼에게 너무 작은 것 같구나."

미역 냉국에 밥을 말아 먹으며, 토끼가 담긴 종이상자를 옆에 두고 밥을 먹던 내게 아버지가 말했습니다.

형들은 서로의 얼굴을 힐끔 쳐다보다가 이내 아버지 눈치를 살폈고, 나는 말없이 형들 눈치를 봤습니다.

아버지는 새끼 토끼에게도 새집이 필요하지 않겠느냐고 형들에게 물었고, 형들은 그런 것 같다고 대답한 후 고개를 돌려 내게 눈총을 주었습니다. 나는 종이상자를 끌어당기며, 솔개를 피해 어미 닭 품속에 숨는 병아리처럼 아버지 겨드랑이 밑으로 파고들었습니다.

다음날, 형들은 어미 토끼장 위에 작은 새끼 토끼장을 만들어 올렸습니다. 2층 토끼장이 만들어진 것입니다. 새끼 토끼를 보기 위해선 발뒤꿈치를 들어 올려야만 했지만, 그래도 나는 행복했습니다. 그전까지 알 수 없었던 행복이란 말뜻을 몸으로 느낄 수 있었습니다.

"막내들은 어쩔 수 없어. 피곤한 존재라니까."
그런 일이 있은 후 형들은 엄마 아버지가 없을 때마다 은근히 나를 타박했습니다. 그래도 나는 엄마에게 형들의 타박을 고자질하지 않았습니다. 형들이 정말로 나를 미워하지 않는다는 것을 알고 있었기 때문이었습니다. 여름 방학이었고 형들은 종종 밭일 나간 엄마를 대신해 나를 돌봐야 했는데, 어미 토끼에게 신경 쓰는 것만큼 나를 돌보지는 않았습니다. 나는 말없이 형들 뒤만 졸졸 쫓아다녔습니다.

그러던 어느 날 오후, 새끼 토끼에게 물을 넣어주고 있
는 나를 형들이 불렀습니다. 풀 따기 놀이를 할 건데 너
도 끼워줄 테니 같이 할 생각이 있는지 물었습니다. 나는
응! 하고 큰소리로 대답했습니다. 지금까지 형들 놀이에
나를 끼워준 적이 한 번도 없었기에 나는 즐겁기만 했습
니다. 엄마가 형들에게 나와 함께 놀아줄 것을 부탁한 줄
은 알았지만 정말로 형들과 함께 놀 수 있으리라고는 생
각하지 않았습니다.
　"꼴찌는 맨 앞사람이 시키는 벌칙을 받아야 해!"
작은형이 말했습니다.

풀 따기 놀이란, 기차놀이를 하듯 앞사람 뒤를 쫓아가며
앞사람이 풀을 뜯으면 따라서 그 풀을 뜯는 놀이였습니
다. 맨 앞사람은 풀을 뜯거나 뜯는 척을 할 수 있었고, 뒤
에 쫓아오는 사람들은 자기 앞사람의 손을 유심히 보며
정말 풀을 뜯는지 뜯는 척만 하는지 구분해야 했습니다.

나중에 맨 앞사람이 손을 펴고 자기가 뜯은 풀의 이름을 말하며 하나씩 내어놓을 때 뒷사람들도 똑같은 풀을 내어놓아야 했으며, 풀을 더 가지고 있거나 덜 가지고 있으면 벌칙을 받아야만 했습니다. 키가 작고 형들보다 걸음이 느린 내가 가장 불리한 놀이였습니다.

가위바위보로 맨 앞에 설 사람을 정했는데, 작은형이 맨 앞이었고 그 뒤에 작은형 친구 둘 그리고 큰형 순서였습니다. 나는 큰형 다음 맨 뒤에 섰습니다. 너무 빨리 뛰진 않겠다고 작은형이 말했고, 작은형 친구들과 큰형은 나를 보고 웃기만 했습니다.

간다! 작은형이 소리치며 마당을 벗어나기 시작했습니다. 나머지도 뒤를 따라 줄줄이 달리기 시작했습니다. 나는 내 앞에서 달리는 큰형의 손만 바라볼 수밖에 없었습니다. 큰형의 손이 마당가에 한 줄로 서 있는 댑싸리에 닿았습니다. 나는 댑싸리를 쥐어뜯었습니다. 큰형이 댑싸리를 뜯었는지 뜯지 않았는지는 알 수 없었습니다. 다만 댑싸리가 흔들리니 나도 따라서 쥐어뜯을 수밖에 없었습니다.

큰형의 손이 쑥갓의 노란 꽃을 따는 것 같았고, 자세를 낮추더니 토끼풀도 한 잎 뜯는 것 같았습니다. 나도 따라 쑥갓의 노란 꽃과 토끼풀을 뜯었습니다. 쑥갓 꽃을 딸 때는 상큼한 냄새와 함께 진물이 손에 묻었고, 토끼풀을 뜯을 때는 큰형처럼 자세를 많이 낮추지 않아도 됐습니다.

작은형은 계속해서 뒷사람이 너무 뒤처지진 않았는지 살피곤 했는데, 끝까지 내가 쫓아오게 해야 한다고 말하곤 했습니다.

나는 도랑을 건너 송 씨네 마당으로 들어섰습니다. 도랑을 건널 때, 큰형이 목이 긴 분홍색 꽃을 건드렸는데 나는 어떻게든 빠지지 않고 도랑을 건너야 했기에 목이 긴 분홍색 꽃을 따지 못했습니다.

송 씨네 담장엔 키 큰 아주까리가 아직 익지 않은 푸른 열매를 달고 서 있었습니다. 큰형이 그 옆을 지나며 열매를 건드렸지만 나는 키가 닿지 않아 열매 또한 딸 수 없었습니다.

작년 가을 송 씨네 할머니가 아주까리 열매 기름을 머리에 바르는 것을 본 적이 있었는데, 할머니가 참빗을 머리에 대고 빗질을 할 때마다 긴 머리가 그대로 할머니 머리에 들러붙는 것처럼 보이기도 했습니다.

내가 아주까리 밑동을 만지고 있을 때, 작은형은 오던 길을 돌아서 다시 우리 집 마당으로 향했습니다. 나는 꼭 쥔 왼손을 펴보았습니다. 댑싸리와 노란 쑥갓 꽃, 그리고 토끼풀이 시든 채 구겨져 있었습니다.

나는 다시 왼손을 꼭 쥐고 형들을 따라 달렸습니다. 도랑을 건널 때, 이번엔 목이 긴 분홍색 꽃을 꺾을 수 있었는데 하마터면 도랑물에 발이 빠질 뻔했습니다.

마당에 도착했을 때 작은형은 이게 마지막이라고 소리치고는 모두 모이라고 손짓했습니다. 작은형은 마당가 질경이밭에 쪼그리고 앉더니 모두가 보는 앞에서 질경이 잎을 따는 시늉을 했습니다.

"마술은 사람들이 보는 앞에서도 속이는 거래."

나는 정말로 작은 형이 질경이 잎을 땄는지 알 수 없었습니다. 워낙 질경이가 많아서 잎이 뜯긴 흔적을 찾을 수도 없었습니다.

마당에 있는 질경이밭은 자연스럽게 생긴 것인데, 아버지
는 약으로 쓴다며 질경이를 뽑아내지 않았습니다. 얼마
전, 송 씨네 할머니 큰아들이 갑자기 배가 아프다고 소리
치며 방바닥을 구를 때 아버지가 질경이 뿌리를 짓이겨
먹이자 금방 나은 적이 있었습니다.
아버지는 내게 질경이는 밟히면 밟힐수록 잘 자라는 풀
이라고 말해주었는데, 질경이는 정말로 사람들이 자주
다니는 길바닥에서도 끈질기게 자라고 있었습니다.

작은형은 마당 가운데로 자리를 옮겼고, 우리는 모두 둥
그렇게 둘러앉았습니다. 작은형은 왼손을 벌린 후 풀의
이름을 부르며 풀잎을 꺼내 마당 위에 펼치기 시작했습니
다. 작은형이 풀의 이름을 부를 때마다 나머지 사람들도
똑같이 풀이름을 부르며 풀을 꺼내 놓아야 했습니다.
 "댑싸리, 쑥갓 꽃, 노인장대, 아주까리, 수영, 그리고 마
지막으로 질경이!"

작은형 친구들과 큰형은 작은형이 풀의 이름을 부를 때마다 똑같은 걸 내놓았는데, 나는 댑싸리와 노란 쑥갓 꽃, 노인장대와 질경이밖에 내놓지 못했습니다. 그나마 목이 긴 분홍색 꽃인 노인장대도 돌아올 때 딴 것이었으며, 내 손엔 토끼풀이 남아 있었는데 그것은 뜯으면 안 되는 풀이었습니다. 맞춰보니 두 개의 풀이 부족했고, 뜯지 말았어야 할 풀이 한 개가 있었습니다. 나는 벌점 3점을 받아 풀 따기 놀이에서 꼴찌를 했습니다.

벌칙은 토끼장 청소였습니다. 그동안 어미 토끼와 새끼 토끼에게 먹이 주고 물주는 일만 했었는데, 이번에는 벌칙으로 토끼장 청소까지 맡아야 했습니다.

내 눈에 눈물이 글썽이자 형들은 내가 울거나 이 일을 엄마에게 말하면 다시는 같이 놀아주지 않겠다고 말했습니다. 나는 울음을 참으면서 입술을 꽉 물고 고개를 끄덕였습니다.

그리고 아버지가 말해준 질경이란 이름에 담긴 뜻을 생각하며 다짐했습니다. 질경이처럼, 질기게 잘 참고 견디

면 언젠가는 나도 씩씩하게 풀이름을 부르며 그 이름에
맞는 풀을 빠짐없이 내 앞에 꺼내 놓을 수 있을 거라고
말입니다.

22장

"중기 아저씨가 죽었대!"

며칠째 비가 내리던 어느 날 아침, 밖에 나갔던 작은형이 숨 가쁘게 달려와 엄마에게 뱉어낸 말이었습니다.

그날은 새벽부터 정전이 됐었고, 날이 밝았는데도 어두컴컴하게 느껴지던 날이기도 했습니다.

중기 아저씨는 마을 중간쯤에 살았는데, 집 앞에 커다란 전신주가 있었습니다. 그 전신주는 마을에 있는 전신주

중에서 가장 크고 높다란 것이었습니다. 전신주에는 둥그런 통이 두 개 달려 있었는데, 사람들이 변압기라고 부르던 그 통에서 가끔 지지직거리는 소리가 들리기도 했습니다. 이 전신주에서 사방으로 뻗어 나간 전선을 통해 마을 구석구석 전기가 전달되었고 집집마다 환하게 불을 밝힐 수 있었습니다.

중기 아저씨는 전신주가 자기 집 마당에 서 있다는 이유만으로 언제부터인가 마을의 전기 책임자가 되었습니다. 전신주에 있는 두꺼비집이 내려가 전기가 끊기면 중기 아저씨는 전신주 중간까지 올라간 후 기다란 장대를 이용해 두꺼비집을 건드려 전기가 들어오게 했습니다.

그뿐 아니라 퓨즈가 끊겨 전기가 나간 집에 가서 퓨즈를 바꿔 주기도 했는데, 마을에서 공동으로 퓨즈를 구입해 아예 중기 아저씨에게 맡겨 두기도 했습니다. 진짜 전기 기술자들은 너무 멀리 있었기에, 중기 아저씨는 집집마다 돌아다니며 퓨즈를 점검해 주기도 했습니다. 납 퓨즈 대신 구리나 철사를 두꺼비집에 넣은 탓에 합선이 되어 불이 난 집이 생긴 뒤부터는 중기 아저씨 허락 없인 그 누구도 함부로 두꺼비집을 만지지 않았습니다.

중기 아저씨는 어디에서 구해왔는지 굵은 가죽 허리띠를 차고 다녔습니다. 가죽 허리띠에는 펜치와 가위, 드라이버, 검은 테이프 등이 매달려 있었습니다. 전기 합선으로 불이 났을 때도 오로지 중기 아저씨만이 집 앞에 있는 가장 큰 전봇대에 올라가 두꺼비집을 건드려 전기를 끊을 수 있었습니다. 커다란 전신주가 마치 중기 아저씨네 물건 같았습니다.

마을에 전기가 들어오기 전에는 사실 중기 아저씨를 좋아하는 사람이 많지 않았습니다. 어느 날 중기 아저씨가 혼자 사는 최 씨네 아줌마에게 억지로 뽀뽀를 했는데 깜짝 놀란 아줌마가 소리를 지르는 바람에 마을 사람들에게 잡혀 혼이 난 일이 있었기 때문입니다. 이장 아저씨와 마을 어른들이 중기 아저씨를 무릎 꿇게 하고는 또다시 같은 짓을 저지르면 마을에서 쫓아내겠다고 했습니다.

아무튼, 그런 일이 있은 후 중기 아저씨는 마을 사람들을 피해 다녔는데, 큰 전신주가 집 앞에 들어서고 난 뒤부터는 그럴 필요가 없어졌습니다.

나는 엄마와 작은형을 따라 중기 아저씨 집으로 뛰어갔습니다. 마을 사람들이 모여들었고, 고기가 타는 듯한 냄새가 났습니다. 웅성거리는 사람들 사이로 검게 타서 그을린 중기 아저씨 얼굴이 보였습니다. 잠시 후 사람들이 중기 아저씨를 손수레에 태우고 큰길가로 향했습니다. 미군부대 앰뷸런스가 요란한 소리를 울리며 말랭이고개를 내려오는 게 보였습니다. 엄마는 두 손으로 내 눈을 가렸지만, 나는 이미 죽은 중기 아저씨의 얼굴을 보고 난 후였습니다.

며칠째 비가 내린 탓인지 새벽부터 정전이 되었고, 중기 아저씨도 여느 때와 같이 아침에 장대를 들고 전신주에 올라갔다고 합니다. 이전에도 가끔 마을 사람들이 전기선을 잘못 건드려 합선이 되면 중기 아저씨네 마당에 있는 전신주의 두꺼비집마저 내려가곤 했습니다. 전신주는 며칠 동안 젖어 있었습니다. 굵은 빗줄기는 아니었지만 여전히 부슬비가 내리고 있었는데도 중기 아저씨는 장대를 들고 전신주에 올라갔고, 잠시 뒤 전기에 감전돼 검게 그을린 채 바닥으로 떨어졌다고 했습니다. 옆집에 사는 종천네 아줌마가 처음 중기 아저씨를 발견했을 때는 숨이 붙어 있었다고 누군가 말했습니다.

나는 태어나 처음으로 죽은 사람의 얼굴을 보았지만 죽음이 실감 나지는 않았습니다. 다만, 검게 그을린 중기 아저씨가 아팠을 거라는 생각만 들었습니다.

중기 아저씨가 죽었으니 이제는 누구도 함부로 전신주에 올라가지 않을 것입니다. 사람들은 벌써부터 갑자기 정전이 되면 이제 누가 전신주에 올라가 두꺼비집을 원래대로 되돌려 놓을 수 있을 것인가를 걱정하기 시작했습니다.

23장

중기 아저씨가 억지로 뽀뽀를 하려고 했던 최 씨네 아줌마는 미군부대 세탁소에 일을 다녔습니다. 남편인 최 씨 아저씨가 부산에 출장을 간 이후 연락도 없이 몇 년 동안 집으로 돌아오지 않았는데, 아줌마는 남편을 기다리며 아들 하나 딸 둘과 함께 작은 집에서 살고 있었습니다.

뽀뽀 사건이 터지고 얼마 후, 최 씨 아저씨가 부산에서 다른 아줌마와 살고 있다는 소문은 사실로 밝혀졌습니다. 어느 날 최 씨 아저씨가 느닷없이 어린 여자아이 하나를 데리고 집으로 돌아왔고, 비로소 소문이 사실로 확인되었던 것입니다.

최 씨 아저씨가 부산에서 낳은 어린 딸을 데리고 집으로 돌아온 날 저녁, 아줌마는 마당에 주저앉아 땅을 치며 울부짖었습니다. 최 씨 아저씨는 이러지도 저러지도 못한 채 마늘밭에 쪼그리고 앉아 담배를 피웠습니다. 최 씨 아줌마 작은딸이 새로 생긴 여동생을 잠시 우리 집에 맡겼고, 나는 부산에서 온 작은 여자아이에게 새끼 토끼를 꺼내 보여주었습니다. 토끼를 한 번 만져보라고 내가 말했지만 여자아이는 끝까지 토끼를 만지지 않았습니다.

싸움이라기보다는 아줌마 혼자 소리를 지르며 울고 있었기 때문에 기웃거리던 마을 사람들도 무안했는지 집 앞에 오래 머물지는 않았습니다. 최 씨 아저씨가 마을 입구에 들어설 때부터 소문이 사실이라는 얘기가 마을 사람들에게 퍼져 나갔으므로, 더 이상 궁금해할 내용은 없었습니다. 다만, 몇몇 사람은 울부짖으며 슬퍼하는 최 씨네 아줌마의 모습을 흉내까지 내가며 다른 사람들에게 소식을 전달하기도 했습니다.

엄마는 어린 여자아이를 내게 맡기고는 마당에 주저앉아 울고 있는 최 씨네 아줌마를 달랬습니다. 아버지도 마늘 밭에 쪼그리고 앉아 있는 최 씨 아저씨와 몇 마디 이야기를 나누는 것 같았습니다.

나는 어린 여자아이에게 왠지 자기 아버지의 원래 부인이 슬퍼하는 모습을 보여주면 안 될 것 같아서 죄 없는 새끼 토끼만 이리저리 잡아당기며 힘들게 했습니다. 새끼 토끼에겐 미안한 일이었지만, 어린 여자아이가 아줌마 울음소리 때문에 두려움에 떨고 있는 게 느껴졌기 때문이었습니다.

토끼들이 때를 가리지 않고 새끼를 많이 낳는 것처럼, 나는 최 씨 아저씨도 토끼랑 다를 게 없다고 생각했습니다.

얼마쯤 시간이 흘렀을까 밖이 조용해지는가 싶더니 엄마가 어린 여자아이를 데리러 왔습니다.

"오빠야, 내일 또 토끼 보여줄 끼가?"

새끼 토끼를 집어 들던 나는 여자아이가 내뱉는 사투리를 듣고는 그 자리에서 멈춘 채 무슨 말인지 모르겠다는 눈빛으로 엄마 얼굴을 쳐다보았는데, 엄마는 그냥 웃기만 했습니다. 사투리는 낯설었고 조금 슬프게 느껴지기도 했습니다.

최 씨 아저씨는 집에 머무는 동안 오랜만에 만난 마을 사람들과 인사를 하거나 나무 그늘에 앉아 막걸리를 마시기도 했습니다. 어린 여자아이는 만날 우리 집에 놀러 왔고, 내 허락을 맡은 후에는 토끼에게 먹이도 주었습니다. 나는 어린 여자아이에게 토끼에 관해 이것저것 설명을 해주었는데, 토끼와 어른들의 닮은 점은 새끼를 많이 낳고 싶어 한다는 것 같다고도 말해주었습니다.

최 씨 아저씨는 어린 딸이 나와 함께 노는 것을 좋아했고, 또 고마워했습니다. 그렇게 며칠이 지나자 최 씨 아줌마도 조금은 덜 슬퍼하는 것 같았습니다. 가끔은 웃는 모습도 보이곤 했는데, 기뻐서 웃는 건 아닌 것 같았습니다.

며칠 후, 최 씨 아저씨와 어린 여자아이가 집에 찾아와 인사를 했습니다. 다시 부산으로 내려간다고 했고, 어린 여자아이는 토끼장 앞에 서서 토끼들에게 작별을 고했습니다.

"토끼는 사투리를 몰라!"

내가 어린 여자아이의 말을 가로채며 퉁명스럽게 말했습니다. 어린 여자아이는 입을 다물었고, 나는 엄마 손을 잡은 채 최 씨 아저씨와 토끼장 속의 토끼를 번갈아가며 쳐다보았습니다.

내가 왜 여자아이에게 퉁명스럽게 말을 했는지 잘 모르겠습니다. 엄마도 그런 나를 잠시 꾸짖었지만, 나는 아직 어딘가를 향해 먼 길을 떠나본 적이 없었기에 작별이 이상할 수밖에 없었습니다.

최 씨 아저씨는 토끼를 보러 다시 오겠다고 말했는데, 나를 보고 한 말인지 자기 딸에게 한 말인지 알 수 없었습니다. 누구에게 한 말이든 나는 그 약속을 믿지 않았습니다. 오래전, 아줌마에게도 금방 돌아오겠단 말을 하고 떠났을 테니까요.

그러나 최 씨 아저씨가 '토끼 같은 자식들을 두고 떠나는 심정'을 이야기하며 엄마에게 고개를 숙일 때 나는 잠시 아저씨의 마음을 이해할 수도 있을 것 같았습니다.

24장

면장 할아버지가 돌아가셨습니다. 내가 태어나기 오래전 면장을 지냈다는데, 마을 사람들은 할아버지가 면장을 그만둔 뒤에도 계속 면장님이라고 부르곤 했습니다. 면장 할아버지는 아버지와 아주 친했는데 엄마 말에 의하면 6.25 전쟁 때 아버지가 면장 할아버지 목숨을 구해줬다고 했습니다.

"그때 죽었더라면 너희들도 태어나지 못할 뻔 했구나."

문상을 가기 위해 서둘러 옷을 갈아입던 아버지가 웃으며 말했습니다. 나는 무슨 소리인지 몰라 멀뚱멀뚱 아버지 얼굴만 쳐다보다가 얼마 전 아버지가 나와 형들을 앉혀 놓고 해주었던 옛날이야기를 떠올렸습니다.

전쟁이 터지고 얼마 지나지 않아 마을에 인민군이 들어왔고, 전쟁 전 또래 청년들과 바닷가 지키는 일을 했던 아버지는 단지 그런 일을 했다는 이유로 인민군에게 붙잡히고 말았습니다. 누군가 고자질을 한 것이었는데, 아버지가 끌려가다시피 도장산 위에 도착해보니 먼저 끌려온 여러 명이 엄나무 주위에 고개를 숙인 채 쪼그려 앉아 있었습니다.

당시 도장산에는 아주 커다란 엄나무가 있었는데 인민군들이 엄나무 잎을 따서 군복이나 천막을 숨기는 데 쓰곤 했기 때문에 전쟁이 끝나고 얼마 지나지 않아 엄나무가 죽어버렸다고 아버지가 말했습니다.

밤이 깊어지자 인민군들은 엄나무 주위에 수그리고 있던

사람들을 다그치며 움직이기 시작했습니다. 엄마와 결혼한 지 얼마 되지 않았던 아버지는 이러다가 죽을 수도 있겠다는 생각이 들자 온몸이 덜덜 떨렸다고 했습니다.

말랭이고개를 넘어갈 무렵 감시가 소홀한 틈을 타 고개 근처에 살던 관용이 형네 아저씨가 몰래 아버지를 집 근처 덤불 속에 숨겨 주었고, 인민군들은 소나무가 우거진 선말고개에서 끌고 가던 사람들을 길옆에 세운 후 총을 쏘아대고는 급하게 떠나버렸다고 했습니다.

겨우 목숨을 건진 아버지는 그날 밤, 마을 뒤쪽에 있는 봉 씨 아저씨 집에 숨어들었고, 화초와 풀이 무성한 뒤란에 작은 토굴을 파고 들어가 여름 한 철을 숨어 지냈다고 했습니다.

그 무렵, 앞마을 소댕이네 산에서 숨어 지내던 면장 할아버지를 위험을 무릅쓰고 자기가 숨어 있던 토굴에서 함께 지내도록 배려한 사람이 바로 아버지였습니다. 아무래도 낮에 속이 훤히 들여다보이는 야산에서 숨어 지내는 것보다는 토굴에서 지내는 게 더 안전했기 때문이었습니다.

그렇게 토굴 속에서 서로 의지하며 목숨을 구한 인연 때문인지 면장 할아버지와 아버지는 전쟁이 끝난 뒤에도 친하게 지냈던 것은 물론이고, 작은아버지 빚보증 때문에 아버지가 힘들어지자 면장 할아버지가 도움을 주기도 했습니다.

아버지는 토굴 속에서 토끼처럼 숨어 지냈을 것입니다. 귀를 쫑긋 세우고 조심스레 주변을 살피며 먹이를 기다리는 토끼처럼, 죄를 짓지 않았지만 죄인처럼 갇혀 지냈을 것입니다.

마당에 모깃불을 피워 놓고 멍석 위에 앉아 전쟁 이야기를 들려주던 날, 아버지는 마지막에 형들과 누나와 내 얼굴을 번갈아가며 쳐다보면서 다음과 같이 말했습니다.

토굴 속에 숨어 지낼 때 배고픈 것도 참기 어려웠지만 똥을 누는 일이 가장 힘들었다고, 그 똥을 밤에 몰래 토굴 밖으로 가지고 나와 땅에 묻는 일이 정말 괴롭고 두려웠다고.

토굴에서 지낸 그 여름의 힘들었던 일을 떠올렸기 때문인지, 아니면 마른 쑥을 쌓아 놓고 태우던 모깃불 연기 때문인지 알 수는 없었지만 나는 아버지 눈에 눈물이 고이는 걸 보았습니다.

그날, 아버지 이야기를 들으면서 나는 앞으로 토끼장 청소를 좀 더 자주 해줘야겠다고 생각했습니다. 왜냐하면 토끼장에 갇힌 토끼들도 토굴 속에 숨어 지내던 아버지처럼 똥 때문에 괴롭고 힘들 수도 있겠다는 생각이 들었기 때문입니다.

25장

덩치에 비해 눈이 큰 동물들은 겁이 많다고 작은형이 말해 주었는데, 게와 토끼가 그랬습니다.

게도 토끼처럼 겁이 많았습니다. 바깥뜰을 지나가면 커다란 둑이 나오고, 거기 둑 아래는 사방이 온통 갯벌이었습니다. 마을 사람들은 이곳을 아산만이라는 이름 대신 바다라고 불렀습니다.

이곳에 가면 사방에서 참게들이 작은 안테나같이 생긴

둥근 눈을 치켜세우고 다녔는데, 사람 발소리만 들리면 잽싸게 구멍을 찾아 숨곤 했습니다. 동작이 얼마나 빠른지, 나는 매번 게를 잡으러 막걸리 주전자를 들고 가곤 했지만 주전자에 가득 게를 잡아온 적은 한 번도 없었습니다.

참게는 민물과 갯물이 만나는 곳인 바깥뜰 끝에 주로 살았는데, 그곳에 가면 둑과 도랑마다 참게가 바글거렸습니다. 어떤 게들은 정말 겁이 없었습니다. 가끔 도랑을 따라 마을까지 숨어들어온 게가 집 마당에서 발견되기도 했는데, 그럴 때마다 게를 잡으려는 개와 아이들이 뒤엉켜 난리가 나곤 했습니다.

마을 사람들은 주로 늦여름 한밤중에 굵은 철사에 솜방망이를 묶어 기름을 적신 횃불과 양동이를 들고 바깥뜰로 향했습니다. 갯논이나 도랑 위쪽으로 올라갔던 참게들이 비가 오면 갯벌 아래쪽으로 내려오는데, 이때 갯벌로 통하는 도랑 옆에서 횃불을 들고 서 있으면 사방에서 참게들이 모여들었고, 사람들은 그냥 양동이에 게를 주워담기만 하면 됐습니다.

새벽이 되면 게를 잡으러 갔던 사람들이 양동이 가득 게를 담아 돌아왔는데, 주로 옆집 송 씨네 할머니와 같이 게를 잡으러 다녔던 엄마는 늘 서둘러 돌아오곤 했습니다. 게를 많이 잡진 못했지만 송 씨네 할머니가 천식을 앓고 있었기 때문에 무리하지 않았던 것입니다.

나는 엄마가 돌아오기를 기다리며 졸린 눈을 부릅뜨고 잠을 쫓아내려 애썼지만 언제나 엄마가 돌아오기 전에 잠이 들곤 했습니다. 그날도 잠결에 밖에서 웅성거리는 소리가 들렸고 나는 벌떡 일어나 수돗가로 달려갔습니다. 아버지가 마중물을 붓고 열심히 펌프질을 하자 기다란 펌프 주둥이에서 콸콸콸 힘차게 물이 쏟아져 나왔습니다. 엄마는 송 씨네 할머니 며느리와 함께 붉고 커다란 고무 다라이에 잡아온 참게를 쏟아 붓고는 여러 번 손으로 휘저어 개흙을 닦아냈습니다.

아직 어두웠지만 사람들은 여전히 부지런하게 움직였습

니다. 대충 정리가 끝나면 사람들은 마치 굴을 찾아 들어가는 게처럼 서로 인사를 나누고는 잠을 자기 위해 각자의 방으로 돌아갔습니다.

나는 고무 다라이 앞에 쪼그리고 앉아 거품을 내뿜으며 바스락거리고 있는 수십 마리의 참게를 바라보았습니다. 게들이 고무 다라이를 긁어대는 소리는 한낮 마당에 쏟아지는 장대비 소리처럼 들리기도 했고, 보리밭에 불어대는 바람 소리처럼 들리기도 했습니다.
며칠 뒤면 참게들은 간장 게장이 되어 항아리에 담기거나 끓는 찌개 속으로 던져질 것입니다. 바스락거리는 소리도 함께 사라질 것입니다.

잠자리에 누웠는데도 수돗가에 남겨진 게들이 서걱거리며 다라이 벽을 긁어대는 소리가 들리는 듯했습니다. 살려달라고, 밤새도록 다라이를 긁는다 해도 결국 다라이를 벗어나진 못할 것이므로 별안간 갇힌 게들이 불쌍하게 느껴졌습니다.

나는 토굴 속 아버지와 토끼굴 속의 토끼, 구멍 속의 게들에 대해 생각했습니다. 약한 것들은 왜 모두 구멍 속으로 도망치지 않으면 살아남을 수 없는 것인지 궁금해지기 시작했는데, 어느새 잠이 들어버렸습니다.

26장

작고 가벼운 막걸리 주전자는 아주 다양하게 쓰였습니다. 나는 마을 형들과 누나들이 바다에 게를 잡으러 갈 때나 돌산에 산딸기를 따러 갈 때 막걸리 주전자를 들고 따라 나서곤 했습니다.

하루는 형들과 함께 미군 레이더가 빙글빙글 돌아가고 있는 돌산에 산딸기를 따러 갔습니다. 나무라고 해봐야 드문드문 서 있는 돌배나무가 전부였고, 돌과 풀밭으로만

이루어진 산이라고 해서 돌산이라고 불렸는데 돌산에는 산딸기 덤불과 뱀이 많았습니다.

미군부대에서 활주로를 넓힐 때마다 돌산의 돌을 캐다가 땅을 메꾸었는데, 커다란 트럭들이 쉬지 않고 돌을 퍼 날랐습니다. 가끔 폭약을 터뜨려 바위를 부수었는데, 그럴 때마다 먼지와 섞인 화약 연기가 하늘 높이 올라가기도 했습니다.
미군들은 폭약 소리에 놀란 마을 사람들을 달래주기 위해 아예 주말 밤마다 돌산에서 폭죽을 쏘아 올렸습니다. 마을 사람들은 마당에 멍석을 깔고 하늘 높이 터지는 폭죽을 구경하면서 점점 폭약 소리에 익숙해져 갔습니다.

돌산에 도착한 나는 주전자를 들고 산딸기가 많은 곳을 찾았습니다. 산딸기 덩굴은 물이 졸졸 흐르는 옹달샘 주변에 모여 있었습니다. 잘 익은 산딸기는 살짝 손으로 만지기만 해도 톡톡 떨어졌습니다. 나는 주전자 뚜껑을 열어 돌 위에 얹어 놓은 뒤 쉴 새 없이 산딸기를 따서 주전자에 담았습니다. 두 주먹 정도만 더 따면 막걸리 주전자가 꽉 찰 것 같았습니다. 나는 덩굴 안쪽 물이 흐르는 쪽으로 자리를 옮겼습니다. 순간, 짙은 녹색 뱀이 둥그렇게 똬리를 튼 채 나를 노려보며 혀를 날름거리고 있는 게 보였습니다.

"뱀이다!"
나는 고함을 지르며 산 아래로 도망치기 시작했습니다. 조금 떨어진 곳에서 산딸기를 따 먹으며 놀던 형들도 고함 소리를 듣고는 함께 산 아래로 뛰어 내려왔습니다. 주전자 밖으로 산딸기가 튀어나가는 것을 보고서야 주전자 뚜껑을 돌 위에 두고 온 것을 생각해냈지만, 다시 그곳으로 돌아갈 수는 없었습니다. 얼굴은 땀과 눈물로 범벅이 되었고, 형들은 그런 나를 보고 웃다가 엄마에게 혼날 일이 걱정됐는지 금방 웃음을 멈추었습니다.

산 아래 바닷가에 내려와 숨을 돌린 나는 주전자에 손을 넣어 산딸기를 꺼내 먹으면서도 잃어버린 주전자 뚜껑을 생각했습니다. 엄마는 주전자 뚜껑을 잃어버린 나보다 동생을 잘 챙기지 못한 형들을 더 혼낼 것이 분명했습니다. 나는 엄마에게 주전자 뚜껑을 잃어버린 것은 순전히 내 잘못이라고 설명해야 할 것 같았습니다. 아니면 산딸기를 조금만 꺼내 먹고 나머지 모두를 엄마에게 갖다 주는 방법도 나쁘진 않을 것입니다.

형들은 나에게 그 자리에 가만히 있으라고 명령하고는 개펄 수문 앞에 묶여 있는 작은 배에 올라탔습니다. 그물을 걷어 올릴 때 쓰는, 나무로 만든 작은 배였는데 중요한 건 노가 없다는 것이었습니다. 배 주인이 일을 끝내고 집으로 갈 때 자동차 열쇠처럼 노만 꺼내서 들고 갔기 때문입니다. 노가 없으면 배를 저을 수 없었습니다.

잠시 후 작은형이 묶인 배 안에서 나를 불렀고, 큰형은 어디선가 부러진 삽날을 주워왔습니다. 나는 배에 올랐고, 형들은 나를 배 가운데에 앉혔습니다. 작은형이 뱃머리의 묶인 줄을 푼 뒤 힘껏 배를 밀어내며 올라탔고, 큰형은 노를 대신해 부러진 삽날을 젓기 시작했습니다. 배가 움직였고, 나는 갑자기 멀미가 났지만 주전자에서 산딸기 하나를 꺼내 삼키고는 꾹 참았습니다.

형들은 번갈아가며 부러진 삽날을 노처럼 저었는데 배는 생각처럼 앞으로 나아가지 못했습니다. 형들은 배를 태워주었으니 엄마에겐 뱀에 물릴 뻔했던 이야기와 배에 올라탄 이야기를 하면 안 된다고 내게 말했습니다. 나는 고개를 끄덕이며 이제 그만 집에 가고 싶다고 말했습니다.

논길을 가로질러 집으로 걸어오는데 멀리 돌산에서 쿵하는 소리와 함께 연기가 피어올랐고, 뒤돌아보는 순간또다시 주전자 뚜껑이 생각났습니다. 나는 한 손으로 주전자를 들고 한 손으로는 뚜껑 대신 주전자 입구를 막은채 집으로 돌아왔습니다.

엄마와 아버지는 다행스럽게도 내가 따온 산딸기를 아주맛있게 먹었습니다. 엄마는 주전자 뚜껑 이야기는 한마디도 하지 않았습니다. 아마도 주전자에 막걸리가 담겨 있었더라면 엄마는 분명 뚜껑을 찾았을 것입니다.

하지만 산딸기가 담긴 주전자는 오히려 뚜껑이 있는 게 불편했기 때문에 그날 밤 나 말고 그 누구도 사라진 주전자 뚜껑에 대해 생각하지 않았습니다.

27장

엄마와 아버지는 힘든 일이 생길 때마다 막내인 나를 보며 힘을 낸다고 말하곤 했습니다. 그러고 보면, 내 밑에 동생이 태어나지 않은 게 잘 된 일인 것 같았습니다. 만약 동생이 태어났더라면 나는 형들처럼 동생에게 엄마 아버지의 사랑을 빼앗길 것은 물론이고 말 안 듣는 동생을 돌보는 일에 신경을 써야 했을 테니까요.

"소파수술을 한 후에 자꾸 하혈을 하네요."

송 씨네 할머니가 게장 담그는 일 때문에 엄마를 찾아왔을 때, 마루에 앉아 빨래를 개고 있던 엄마가 걱정스러운 표정으로 말을 했습니다. 송 씨네 할머니는 엄마에게 이것저것 몇 가지를 물어보고는 평택 읍내 병원엘 가서 진찰을 받아보라고 말했습니다. 봉당에서 흙을 파고 놀던 나는 대뜸 엄마에게 소파수술이 뭐냐고 물었습니다. 엄마는 웃으면서 너는 몰라도 된다고 말을 막았지만, 나는 연달아서 그럼 하혈은 뭐냐고 또 물었습니다.

"그놈 참 별걸 다 물어보네."

옆에 있던 송 씨네 할머니가 허허 웃으며 자리에서 일어나 게들이 바글거리고 있는 수돗가로 향했습니다.

엄마는 빨래를 다 갠 후에도 한참을 마루에 앉아 멍하니 봉당 어딘가를 쳐다보았습니다. 나는 오줌이 마려웠고, 집 밖으로 나가 오줌을 누라는 엄마 말을 못 들은 체하며 꽃밭 구석에 서서 오줌을 누었습니다. 다른 때 같으면 큰소리로 혼냈을 텐데 엄마가 별말이 없는 걸 보면, 소파수술이나 하혈이라는 말이 엄마를 힘들게 하는 게 분명

했습니다.

"네 동생을 지워서 벌을 받는 것 같구나."
마루에서 일어서며 엄마가 말했습니다. 나는 이번에도 엄마의 말을 이해하지 못했지만, 엄마에게 동생을 지웠다는 말뜻에 관해 묻진 않았습니다. 내가 이해하지 못하는 말들 속에는 엄마를 힘들게 하는 뜻이 숨어 있다는 걸 알게 되었으니까요.

점심을 먹은 후 막 토끼 먹이를 주고 있을 때였습니다. 밖에서 자동차 소리가 요란하게 들렸고, 깜짝 놀란 엄마와 나는 대문 밖으로 뛰어나갔습니다. 바퀴가 내 키만한, 돌산에서 미군부대로 돌멩이를 실어 나르는 커다란 트럭이 아카시아 나무를 짐칸에 가득 싣고 마당으로 들어서고 있었습니다. 운전사 옆자리에 앉은 아버지가 웃고 있었는데, 엄마와 나를 보더니 급히 손을 흔들었습니다. 반갑다는 손짓보다는 위험하니까 다가오지 말라는 신호 같았습니다. 마당 한가득 몸통이 잘린 아카시아 나무를 여러 개 내려놓은 뒤, 아버지는 물 한 잔 급히 마시고는 다시 트럭과 함께 마을 밖으로 사라졌습니다.

아버지에게 겨울은 땔감을 걱정해야 하는 계절이었습니다. 겨울 한 철 춥지 않게 지내기 위해서는 많은 땔감이 필요했고, 아버지는 미군부대 안에서 쓸모없어진 나무를 베어낼 때마다 트럭 운전사에게 부탁을 해 집으로 가져 오곤 했습니다. 자주 있는 일은 아니었지만, 한 번 나무 를 가져오면 아버지는 옆집에 사는 말 못하는 아저씨와 함께 몇 달 동안 주말마다 톱으로 나무를 자르고 도끼로 장작 패는 일을 해야만 했습니다.

첫눈이 올 무렵이면 집은 마치 장작으로 쌓은 성 같았습 니다. 비에 젖지 않도록 처마 아래마다 장작을 차곡차곡 쌓아올렸는데, 마당이고 봉당이고 뒤란이고 할 것 없이 빼곡하게 들어찬 장작을 보면서 아버지는 흐뭇한 미소를 짓곤 했습니다.

아카시아 나무가 배달된 다음 날은 토요일이었기에 아버

지는 아침부터 커다란 아카시아 나무를 옮기거나 말 못 하는 아저씨와 함께 긴 톱으로 나무를 잘랐습니다. 아카시아 나무에는 뾰족한 가시가 많았기에 아버지는 자주 내게 조심하라고 주의를 주곤 했지만, 아버지 근처에 아주 못 오게 하진 않았습니다.

하루 전에 베어진 나무여서 그런지, 아니면 아버지가 톱질을 해서 그런지 마당에서 맡으면 기분이 좋아지는 생나무 냄새가 많이 났습니다. 잘린 나뭇가지에는 아직도 아카시아 잎이 싱싱하게 매달려 있었습니다. 나는 길고 푸른, 여러 장의 둥근 잎이 달린 아카시아 잎줄기를 몇 개 떼어내 토끼들에게 갖다 주었습니다.

토끼는 씀바귀와 토끼풀 외에 아카시아 잎을 잘 먹었는데, 나는 아직 키가 작기 때문에 키 큰 아카시아 나무의 잎을 제대로 딸 수 없었습니다. 그렇기 때문에 새끼 토끼에게 아카시아 잎을 제대로 먹이지 못했습니다. 다만, 형들이 어미 토끼에게 주기 위해 따온 아카시아 잎을 몇 번 새끼 토끼에게 준 적은 있었습니다.

마당 한가득 부려진 아카시아 나무를 보고 마을 사람들은 어디에서 이 많은 나무를 구해왔느냐고 부러운 듯 아버지에게 말을 걸곤 했습니다. 간척지 들판에 세워진 마을이었기에 나무가 귀했고, 더군다나 땔감으로 쓸 나무를 구하는 건 보통 힘든 일이 아니었습니다.

도장산과 말랭이고개 너머에 있는 선말산에 큰 나무들이 더러 있었지만 모두 주인이 있는 나무들이었기에 마음대로 땔감으로 쓸 수는 없었습니다. 마을 사람 중에는 바닷가에 밀려와 오랜 시간 동안 말라버린 나무를 주워 땔감으로 사용하는 이들도 있었고, 겨울엔 아산만 너머 광덕산에 있는 나무를 몰래 베어 오기도 했습니다.

토끼에게 주려고 내가 가시를 피해가며 아카시아 잎을 따고 있을 때, 콩팥이 아파서 언제나 얼굴이 붓고 말이 없이 지내던 누나가 나를 불렀습니다. 그리곤 아카시아 잎따기 놀이를 하자고 했습니다. 누나는 마지막 남은 잎을 따는 사람이 이기는 것이라고 말했는데, 이상하게도 놀이를 할 때마다 누나가 이겼습니다. 내가 시무룩해진 얼굴로 그만하겠다고 말하자 누나는 이번에는 내가 먼저 잎을 따라고 말했습니다. 누나 말대로 내가 먼저 앞을 땄더니 마지막 잎이 내 앞에 남았습니다. 내가 누나를 이겼다고 큰소리로 외치자 아버지 톱질을 돕고 있던 작은형이 나를 보며 들릴 듯 말 듯한 소리로 바보라고 말했습니다.

작은형은 아카시아 잎을 따서 자세히 살펴보라고 말했고, 나는 형의 말대로 새잎을 따서 천천히 들여다보았습니다. 잎은 열아홉 개였는데 서로 마주 보고 나다가 맨 끝에 잎 하나가 혼자 달려 있었습니다. 그러니까 잎의 수가 홀수였으므로 먼저 잎을 따는 사람이 언제나 이길 수밖에 없었던 것입니다. 다른 잎을 따서 다시 들여다보았지만 잎의 수는 다를지라도 모두 다 홀수인 것만은 분명했습니다.

나는 여러 개의 아카시아 잎을 따서 땅바닥에 올려놓은 뒤 하나씩 들고 잎을 따기 시작했습니다. 잎을 따서 버릴 때마다 땅바닥에 생겼던 그림자도 따라서 지워졌습니다.

나는 엄마가 동생을 지웠다는 말이 혹시 아카시아 잎의 그림자가 지워진 것과 같은 건 아닐까, 하는 생각이 들었습니다. 그리고 땅바닥 위에 아카시아 잎을 동그랗게 여러 개 그린 다음 하나씩 발로 지웠습니다. 지운다는 말은 만든다는 말보다 훨씬 이해하기 어려운 말이었습니다.

28장

엄마는 송 씨네 할머니 집에서 간장게장을 담그고 있었고, 아버지는 하루 종일 마당에서 아카시아 나무를 잘랐습니다. 나는 두 군데에 모두 있고 싶었지만 그럴 수는 없었기에 양쪽을 왔다 갔다 하며, 가끔 토끼장까지 살펴보며 신나게 놀았습니다. 게장에 쓸 간장 달이는 냄새가 아카시아 생나무 냄새를 이길 정도로 마당에까지 진하게 퍼졌습니다.

토요일마다 마을 위 높은 곳에서 낙하산이 펼쳐지곤 했습니다. 나는 톱질을 하는 아버지에게 막걸리 심부름을 하던 중 마침 높이 떠 있는 헬리콥터에서 작은 점들이 쏟아져 나오는 것을 보았고, 막걸리 주전자를 들고는 목을 꺾어 하늘을 쳐다보았습니다.

처음엔 채송화 씨처럼 작았던 검은 점들이 점점 커지다가 어느 순간 나팔꽃 같은 낙하산을 펼쳤습니다. 낙하산들은 마을 위 허공에서 이리저리 움직이다가 미군부대 활주로 옆 잔디밭에 내려앉곤 했습니다.

아버지가 부르는 소리에 깜짝 놀란 나는 하마터면 막걸리 주전자를 놓칠 뻔했습니다. 주전자에는 뚜껑이 없었고, 엄마는 급한 대로 아버지 국그릇에 김치를 담아 그것을 그대로 주전자 뚜껑 자리에 올렸는데 거짓말같이 그릇이 딱 들어맞았습니다.

나는 주전자 뚜껑을 찾는 엄마에게 돌산에서 있었던 일을 사실대로 얘기했고, 역시나 형들만 엄마의 잔소리를 들어야 했습니다. 나는 형들이 자꾸만 나 때문에 힘들어지는 것 같아 괴로웠지만 그렇다고 엄마에게 거짓말을 할 수 없었습니다. 다만, 형들과 함께 몰래 배를 탄 일에 대해서는 입을 굳게 다물었습니다. 다른 건 몰라도 엄마는 바닷물을 엄청 무서워했고, 그 누구든 바닷물에 들어가는 것만큼은 절대로 용서하지 않았기 때문입니다.

"형님, 낙하산이 논바닥에 떨어졌대요. 글쎄."
오토바이 아저씨가 급하게 집 앞을 지나가며 아버지에게 외쳤습니다. 막 아버지에게 막걸리 주전자를 배달한 나는 순간 게장을 담고 있는 엄마에게 가려던 발걸음을 돌렸습니다. 아버지도 작은형과 나의 바람을 눈치챘는지 작은형에게 말 못하는 아저씨와 막걸리를 마시고 있을 테니 가서 보고 오라고 말했습니다.
작은형은 뒤도 안 돌아보고 오토바이 아저씨가 달려간 방향으로 달려가기 시작했고, 나도 작은형 뒤를 따라 뛰어갔습니다. 이래저래 무척이나 바쁜 토요일이 되고 말았습니다.

마을과 미군부대 사이, 도장산 뒤쪽 황새울 들판 전신주에 낙하산이 걸려 있었습니다. 미군인 듯한 사람이 전신주에 걸린 낙하산에 대롱대롱 매달려 있었습니다. 전신주는 길옆에 박혀 있었는데, 잘못하다간 매달린 사람이 감전될 수도 있었습니다.

이번에도 오토바이 아저씨가 나섰습니다. 오토바이 아저씨는 영어를 몇 마디 하다가 다시 한국말로 가만히 있으라고 외치고는 사람들이 지켜보는 가운데 칼을 입에 물고 전신주에 올랐습니다. 미끄러지면서 겨우 전신주를 타고 오른 아저씨는 한 손으로 전신주에 꽂혀 있는 쇠를 잡고 한숨을 쉬며 잠시 쉬었습니다. 그러다 갑자기 입에 물고 있던 칼을 손에 들고 휘두르며 낙하산 줄을 끊기 시작했습니다. 낙하산 줄은 얼마나 질긴지 쉽게 끊어지지 않았습니다. 몇 번의 칼질 끝에 허공에 매달려 있던 미군이 떨어져 도랑에 처박히며 굴렀고, 사람들이 달려가 흙탕물 범벅이 된 미군을 끌어올렸습니다.

잠시 후 미군부대에서 달려온 앰뷸런스가 흙투성이 미군

을 태우고는 부지런히 말랭이고개를 넘어갔습니다. 전신주에 매달린 낙하산은 이제 오토바이 아저씨 것이었습니다. 누군가 낙하산 줄이 고래 힘줄보다 더 질기다고 말했는데, 옆에 있던 사람이 고래 힘줄을 본 적 있느냐고 따지자 본 적은 없지만 정말 그렇다며 우겼습니다.

사람들의 관심과 오토바이 아저씨의 관심은 달랐습니다. 오토바이 아저씨는 줄을 끊자 힘없이 바닥으로 떨어진 낙하산을 둘둘 말아 오토바이 뒷자리에 싣고는 이내 도장산을 돌아 윗마을로 사라져버렸습니다.

작은형과 함께 집에 돌아와 보니, 아버지는 땀을 흘리며 톱질을 하고 있었고 엄마는 여전히 게장에 쓸 간장을 끓이고 있었습니다. 나는 아버지에게 다가가 전신주에 걸린 낙하산과 낙하산 줄을 끊고 미군을 구한 오토바이 아저씨 이야기를 해주었습니다.

"누구나 원하지 않는 곳으로 떨어질 수 있지."

아버지가 대답했습니다. 나에겐 동생을 지웠다는 엄마의 말만큼이나 아리송한 말이었습니다.

29장

사람들이 바보 삼촌 엄마의 죽음을 알게 된 것은 바보 삼촌의 처량한 울음소리 때문이었습니다. 바보 삼촌은 이른 아침부터 마당에 나와 통곡을 했는데, 마당에 박힌 십자가 기둥 앞에 앉아 해가 머리 위로 떠오를 때까지 울고 또 울었다고 합니다. 이상하게 여긴 마을 사람들이 집 안을 들여다봤고, 방 안에 가만히 누운 채 죽어 있는 바보 삼촌의 엄마를 발견했던 것입니다.

마을 사람들이 모여 장례를 준비했고, 바보 삼촌도 이때만큼은 고분고분 사람들의 말을 잘 따랐습니다. 빨래를 하려던 엄마도 하던 일을 멈추고 바보 삼촌 집으로 갔습니다. 언제부터였는지는 몰라도 마을 사람들은 누군가의 집에 초상이 나면 절대로 빨래를 하지 않았습니다. 하던 빨래도 바로 멈추었는데, 엄마 말에 의하면 마을에 초상이 났을 때 빨래를 하면 집안에 안 좋은 일이 생긴다고 했습니다.

아버지는 빨래를 하면 안 되는 진짜 이유를 얘기해 주었습니다. 초상이 나면 하던 일을 멈추고 그 집에 가서 힘든 일을 함께 도와주라는 뜻이 담겨 있다는 것이었습니다. 가만히 생각해보니 엄마 말도 아주 틀린 건 아니었지만, 아버지 말이 맞는 것 같았습니다.

바보 삼촌이 걱정스러웠던 형들은 마당에 서서 집안을 들여다볼 뿐 어른들과 함께 앉아 있는 바보 삼촌 곁으로 다가가지는 못했습니다. 이장 아저씨가 솥이며 쌀과 장작 등 필요한 물건들을 가져왔고, 사람들은 마당에 관을 놓기 위해 십자가 기둥을 뽑아 구석으로 치워버렸습니다.

그날 저녁, 아버지와 몇몇 사람들이 방 안으로 들어가 바보 삼촌 엄마의 몸을 닦은 후 천으로 꼭꼭 묶었습니다. 이제 바보 삼촌 엄마는 더 이상 십자가 기둥에 묶일 일은 없을 것입니다.

이튿날 아침, 마을 사람들은 선말고개 너머 야산 끝자락에 있는 공동묘지에서 상여를 가져왔습니다. 사람들은 일가친척이 없는 바보 삼촌 사정을 생각해 이튿날 바로 장례를 치르기로 결정했습니다.

집에 있으라는 말을 듣지 않고 내가 굳이 엄마를 따라나선 것은 바보 삼촌네 토끼들이 걱정되었기 때문입니다. 정확하게 말하자면, 형들이 맡긴 토끼 걱정 때문이었습니다. 형들은 자기들이 바보 삼촌에게 맡긴 토끼가 걱정되었는데, 어린 내가 비교적 형들보다는 자유롭게 초상집엘 드나들 수 있었으므로 나를 이용했던 것이었습니다.

형들이 챙겨준 아카시아 잎을 한 아름 들고 바보 삼촌네 집에 도착했을 때, 마당엔 바보 삼촌 엄마가 타고 갈 예쁜 꽃상여가 놓여 있었습니다. 마당에 놓인 작은 상 위에는 밥 한 그릇과 동전이, 그 아래엔 바보 삼촌 엄마가 신던 하얀 고무신이 가지런히 놓여 있었습니다. 바보 삼촌은 여전히 아무 말도 하지 않고 방바닥만 쳐다보았습니다.

잠시 후 마을 사람들이 관을 들고 마당으로 나왔고, 뒤따라 나오던 바보 삼촌이 비로소 엉엉 울기 시작했습니다.

"아들 불쌍해서 어찌 눈을 감았을까?"

장례 일을 돕던 마을 아줌마들이 마당가에 서서 눈물을 흘렸습니다. 한 손으로 아카시아 풀을 겨우 안은 채 나머지 한 손으로 엄마 손을 꼭 잡고 있던 나도 갑자기 슬퍼지긴 했지만 눈물은 나오지 않았습니다. 눈에 자꾸 바보 삼촌네 토끼장만 어른거렸습니다.

나는 뒤뜰에 있는 토끼장으로 뛰어가 작은 먹이 구멍으로 아카시아 잎을 재빨리 넣어주었습니다. 토끼들이 달려와 뾰족한 입으로 정신없이 아카시아 잎을 뜯어 먹었습니다.

토끼들은 아마도 어제 아침부터 아무것도 먹지 못한 듯 했습니다.

바보 삼촌네 토끼장 안에는 형들이 맡긴 토끼도 함께 들어 있었기 때문에 형들이 내게 아카시아 잎을 들려 보낸 것이었습니다. 나는 토끼장에 아카시아 잎을 넣어주고는 마당으로 돌아가 다시 엄마 손을 잡았습니다. 막 꽃상여에 관이 실리고 있었습니다.

관이 실리는 동안 바보 삼촌은 자기가 엄마를 묶었던, 마당가에 버려진 십자가 기둥을 물끄러미 쳐다보았습니다. 혹시 엄마가 자기를 버려두고 도망칠까봐 기둥에 묶었던 것은 아닐까 하는 생각이 들기도 했는데 아무래도 그건 아닌 것 같았습니다. 십자가 기둥에 묶인 바보 삼촌 엄마는 마을 사람들이 줄을 풀고 몸을 숨겨 줘도 다시 아들이 있는 집으로 돌아갔기 때문입니다.

'아들 불쌍해서 어찌 눈을 감았을까' 라고 말하던 아줌마들의 걱정이 조금은 이해가 되었습니다. 나는 힘주어 엄마 손을 잡았습니다.

30장

큰외삼촌이 죽고 난 후, 외할머니는 얼마 동안 우리 집에 머물렀습니다. 미군부대 후문 마을에 사는 큰외숙모가 시어머니를 모시지 않겠다고 했기 때문입니다. 엄마는 그렇지 않아도 작은아버지 빚보증 때문에 힘들어진 생활에 외할머니까지 모시게 됐다고 아버지에게 자꾸 미안하다고 말했습니다. 아버지는 괜찮다고 했는데, 그럴 때마다 엄마는 꽃밭에 쪼그리고 앉아 혼자 울곤 했습니다.

엄마는 둘째 딸이었습니다. 큰이모는 땅 부자로 소문난 신호리 강 씨네 집으로 시집을 갔는데, 이모부가 전쟁 때 두 다리를 잃자 이모가 이모부를 대신해 집안 살림을 돌봐야 했습니다. 엄마 남동생인 막내 외삼촌이 말랭이고개에 살고 있었지만 친척 집 양아들로 들어간 탓에 외할머니를 모실 수 없었습니다. 결국, 집안 땅을 물려받는 조건으로 큰외숙모가 외할머니를 모시기로 했습니다. 외할머니는 벽돌공장 옆에 지어진 독채에서 따로 지냈는데, 아버지는 종종 퇴근길에 외할머니 방을 들여다보곤 했습니다.

외할머니는 며느리인 큰외숙모와 사이가 좋지 않았기에 늘 집에 있지 못하고 아리랑고개와 선말고개, 말랭이고개 등 고개 세 개를 넘어 우리 집으로 오곤 했습니다. 오는 동안 길 위에서 며느리에게 매를 맞았다며 소리를 지르곤 했는데, 사람들은 외할머니가 노망이 들었다고 수군거렸습니다. 나는 노망이 들었다는 게 무슨 뜻인지 몰랐지만 좋은 말이 아니라는 것쯤은 알고 있었습니다.

외할머니는 가끔 주머니에서 때 묻은 박하사탕을 꺼내어 내게 주었습니다. 나는 때 묻은 사탕이 먹기 싫었지만 그런 내 모습을 보고 엄마가 슬퍼할까봐 사탕을 받아 입에 넣곤 했습니다. 때가 묻었지만 사탕은 달콤했고, 엄마는 그런 나와 외할머니를 쳐다보며 눈물을 흘렸습니다. 나는 엄마가 보는 앞에서 외할머니가 주는 사탕을 받아먹길 잘했다고 스스로 대견스럽게 생각한 적도 있었습니다. 외할머니는 엄마의 엄마이니까, 엄마의 아들인 내가 좋아해야 하는 게 맞는 거라는 생각이 들자 더 이상 외할머니가 창피하단 생각이 들지 않았습니다.

저녁때 외할머니가 집에 오면 엄마는 밥상을 차려 천천히 밥을 드시게 한 다음 다시 고개 세 개를 넘어 외딴 방으로 외할머니를 모셔다드리곤 했습니다. 아버지는 주무시게 하라고 말했지만, 엄마는 그럴 순 없다며 그 먼 밤길을 걸어갔다 다시 걸어서 되돌아오곤 했습니다. 나도 엄마를 따라 한 번 외할머니 방에 갔다 온 적이 있는데, 너무 멀고 무서워서 그다음부터는 그냥 집에 있겠다고 말했습니다. 엄마가 걱정되기는 했지만, 형들이 함께 다녀왔기에 나는 엄마에게 조금 덜 미안했습니다.

엄마는 송 씨인데 외할머니 성은 진 씨였습니다. 얼마 전아버지는 내가 태어나 한 번도 본 적 없는 친할아버지와외할아버지 이름과 아직 살아 계신 친할머니와 외할머니이름, 그리고 엄마 아버지 이름과 우리 집 주소를 내게한문으로 가르쳐 주었습니다. 너무 어려워서 금방 잊혔는데, 외할머니 이름은 한문이 아니라서 오래 기억할 수 있었습니다.

외할머니 이름은 진안나였습니다. 처음엔 외할머니와 엄마 성 씨가 같은 줄 알고 있었는데, 엄마와 나처럼 엄마와 외할머니도 성 씨가 다르다는 것을 알게 되었습니다.예쁜 이름을 가진 외할머니가 왜 그렇게 힘들게 살아가는지, 엄마 이름엔 복자가 들어있는데도 왜 엄만 늘 복이없다고 말하는 것인지 알 수 없었습니다.

큰외숙모도 막내 외삼촌도 그 누구도 외할머니를 돌보지

않았으므로, 외할머니는 단지 엄마의 엄마일 뿐인 것만 같았습니다. 나는 나중에 커서 엄마를 잘 돌봐야겠다고 다짐해보지만, 그것 또한 엄마와 외할머니가 이름에 담긴 뜻대로 살지 못하는 것처럼 어떻게 될지 알 수 없는 일이 었습니다.

31장

"주소는 네가 집으로 돌아올 때 필요한 것이고, 이름은 네가 어른이 되었을 때 살아가야 할 방향을 알려 줄 거다."

어느 날 저녁, 아버지는 내게 집 주소와 이름 쓰기를 가르쳐 주겠다며 방바닥에 신문지를 펼쳤습니다. 그런 다음 족제비 꼬리털로 만든 붓에 먹물을 묻혀 집 주소와 내 이름을 한 자씩 썼습니다. 나는 누나가 물려 준, 아직은 아무것도 쓰여 있지 않은 공책을 펼쳤지만 함부로 연필을 그어댈 순 없었습니다. 그림은 몇 번 그려본 적 있었지만 글씨를 써본 적은 없었기 때문입니다.

내년엔 학교엘 가야 하니까 다른 건 몰라도 이름과 주소는 한문으로도 쓸 줄 알아야 한다고 아버지가 말했는데, 나는 아직 한글도 깨치기 전이었으므로, 더군다나 내 이름을 한문으로 쓴다는 것은 상상할 수도 없는 일이었습니다.

경기도 평택군 팽성면 도두리 18번지.
京畿道 平澤郡 彭城面 棹頭里 十八番地.

아버지는 긴 주소를 썼고, 나는 30분 동안 그림을 그리듯 삐뚤빼뚤 글자를 베껴 썼는데도 평택군을 벗어나지 못했습니다. 전보나 편지를 받아볼 수 있는 것도 주소가 있기 때문이고, 내가 길을 잃었을 때도 주소만 외우고 있으면 집을 찾을 수 있다고 생각하니 왠지 모르게 안심이 되었습니다. 하지만 집 주소는 너무 길고 어려웠습니다.

"노 도자에 머리 두자를 쓴다. 노는 배를 젓는 막대기인데, 여기에선 돛대를 말하는 거란다. 그러니까 도두리란 돛대 머리를 뜻하는 것이지."

아, 주소는 여전히 어려웠지만 마을 이름에 담긴 뜻은 재미있다는 생각이 들었습니다. 내일 아침엔 마을 이름에 담긴 뜻을 생각하며 마을을 한 바퀴 돌아보고 싶다는 생각이 들었습니다.

아버지 말에 의하면, 바다를 메워 간척지를 만들기 전만 해도 도두리벌은 바다였습니다. 그전의 도두리는 지금보다 크기가 작은, 바다 쪽으로 튀어나온 돛대 같은 모양의 마을이었다고 합니다. 도장산은 돛대 머리처럼 생긴 마을 입구에 야트막하게 서 있는, 바다를 굽어볼 수 있는 멋진 곳이었다고 합니다. 도장산 꼭대기에 도두정이란 정자가 있었고, 산 아래 있는 바위 이름은 돈두암인데 옛날에 유명한 충신이 이 바위에 머리를 찧어 자결을 한 곳이라고 했습니다.

나는 아무것도 모르고 오르내리던 돈두암 바위가 갑자기 무서워졌습니다. 바위 꼭대기가 움푹 파여 있었는데, 주로 빗물이 고여 있었습니다. 그런데 한때 거기에 누군가의 피가 고여 있었을 것이라고 생각하니 갑자기 살갗에 소름이 돋았습니다. 나는 충신이란 게 이순신 장군 같은 사람을 말하는 것이냐고 물었고, 아버지는 한참을 생각하더니 그렇다고 대답해 주었습니다.

돈두암 바위에는 커다란 글씨가 새겨져 있었습니다. 나는 그게 무슨 뜻인지 아버지에게 물었고, 아버지는 웃으면서 단결이란 글자라고 말해주었습니다. 나는 단결이 무슨 뜻이냐고 다시 물었고, 아버지는 한 데 뭉치라는 뜻이라고 대답했습니다.

하긴, 바위는 돌멩이가 뭉친 게 맞습니다. 그런데 왜 바위를 깎아 뭉치자는 글씨를 써넣었을까, 자꾸 호기심이 생겼습니다. 아버지는 단결이란 글씨는 마을 사람들이 정치인에게 잘 보이기 위해 바위를 쪼아 새겨 넣은 글씨라고 말했는데, 나는 바위에 글씨를 새겨 넣는 일이 누군가에게 잘 보이기 위한 짓이란 걸 금방 이해할 수 있었습니다. 얼마 전, 마을 동쪽 동뜸에 사는 황돼지 아저씨가 옆 마을에 사는 어떤 누나에게 잘 보이기 위해 나무판자에 정성스럽게 그 누나 이름을 새기는 것을 보았기 때문입니다. 물론, 오토바이 아저씨는 팔뚝에 참아야 한다는 뜻의 한문을 문신으로 새겨 넣고 다녔지만 언제나 참지 못하고 마을 사람들과 싸움을 벌이곤 했습니다.

옛날엔 바다였던 곳이 지금은 나의 주소가 되었습니다. 언젠가 형들이 지구 위에 있는 동물들은 원래 바다에서 살다가 땅 위로 올라온 것이라고 말했는데, 지금 생각해 보니 우리 집 주소가 그렇습니다.

아버지는 얼마 전 막내 삼촌이 서울 세브란스병원에서 죽었다는 슬픈 소식을 전보로 받았습니다. 아버지는 할머니에게 비밀로 하고 혼자 서울에 가서 죽은 삼촌을 화장한 후 뼈를 강물에 뿌리고 돌아왔습니다. 주소가 없었다면 아버지는 삼촌의 슬픈 소식이 담긴 전보를 받을 수 없었겠지만, 큰형이 서울에 있는 신문사에서 주는 큰 상을 받게 되었다는 기쁜 소식도 금방 알 수는 없었을 것입니다.

엄마와 함께 둔포장에 다녀온 것을 빼면 나는 아직 한 번도 도두리를 떠난 적이 없습니다. 형들 말처럼, 평택역에 가서 기차를 타면 아주 멀리 갈 수도 있을 것입니다. 하지만 나는 도두리 18번지가 좋습니다. 아버지에게 주소를 배우며 나는 엄마 아버지와 함께 도두리 18번지에서 오래오래 살고 싶다고 생각했습니다.

난 아직 기다란 주소를 다 외우지 못했습니다. 하지만 걱정하진 않았습니다. 엄마는 장롱 속이든 장독대든 내가 집안 어느 곳에 숨어 있더라도 정말 나를 잘 찾아냈습니다. 아버지가 알면 기분이 나쁘겠지만, 엄마가 나를 낳았으니까 내 몸의 주소는 엄마라는 생각이 들었습니다.

32장

나는 코코아 가루를 좋아합니다. 처음 따뜻한 물에 코코아 가루를 타서 마시던 날 저녁, 너무나도 달콤한 코코아 맛에 빠져 나는 밥을 먹는 것도 잊을 정도였습니다. 외할머니가 주던 박하사탕보다도, 엄마가 사주던 노란 낙타 그림 캐러멜보다도, 누나와 함께 설탕을 녹여 소다를 섞어 만든 달고나 보다도 더 맛있었기에 나는 엄마가 걱정할 정도로 한동안 코코아에 빠져 지냈습니다.

코코아 가루를 우유에 타서 한 모금 마시는 순간만큼은 새끼 토끼 걱정도 생기지 않았습니다. 갈색 봉투에 담긴 코코아 가루는 내 허락 없인 누구도 손을 댈 수 없었습니다. 그럴 수밖에 없었던 것이 그 코코아 가루는 아버지가 내 생일 선물로 미군부대에서 구해다 준 것이기 때문이었습니다.

아버지는 이가 썩을까 걱정했지만, 나의 코코아 사랑을 억지로 막지는 않았습니다. 나 역시도 코코아를 오랫동안 혼자 먹을 수 있는 방법을 알고 있었습니다. 코코아 때문에 밥을 먹지 않는다거나 코코아를 먹고도 이를 제대로 닦지 않으면 결국 코코아 가루가 내 손을 떠날 수도 있다는 것을 알고 있었기에 문제가 생기지 않도록 애를 썼습니다. 엄마는 더 이상 내가 이를 제대로 닦지 않는 것에 대해 걱정을 하지 않아도 되었습니다.

나는 토끼장 청소도 더 열심히 했습니다. 솔직히 토끼장 청소가 코코아랑 상관없다고 말할 수는 없었습니다.

새끼 토끼는 나만 보면 철 그물 틈새로 입을 내밀며 비벼 댔습니다. 새끼 토끼는 특히 씀바귀를 좋아했는데, 나는 새끼 토끼가 좋아하는 씀바귀가 나에겐 코코아일 거라고 생각했습니다. 차이가 있다면, 씀바귀는 이름처럼 조금 쓴 맛인데 코코아는 그 반대로 무척이나 달착지근하다는 것이었습니다.

나는 씀바귀 무침을 싫어하고 새끼 토끼는 코코아를 먹지 못합니다. 내가 좋아하는 것을 다른 사람은 싫어할 수도 있겠다는 생각이 들었지만, 나는 새끼 토끼가 코코아를 좋아한다고 해도 새끼 토끼에게 코코아를 줄 수는 없을 것 같았습니다.

형들은 나 때문에 코코아가 싫어졌다고 말했는데, 나보다 더 코코아를 좋아했던 형들이 왜 나 때문에 코코아가 싫어졌는지 이해할 수 없었습니다. 분명 코코아가 싫은 건 아닐 겁니다. 나는 형들의 마음을 돌리기 위해 코코아 가루를 가족들과 같이 먹겠다고 말했습니다. 엄마 아버지는 놀라는 눈치였지만, 같이 밥을 먹던 형들은 시큰둥했습니다. 나는 금방이라도 눈물이 쏟아질 것 같았고, 아버지가 형들에게 눈짓을 하자 작은형만이 그제야 마지못해 알았다고 대답했습니다.

나는 밥을 먹다 말고 부엌으로 가서 주전자에 물을 담아 풍로 위에 올려놓았습니다. 그리고 물이 끓을 때까지 그 옆에 서서 한 발자국도 움직이지 않았습니다.

그때, 갑자기 밖에서 이상한 소리가 들렸습니다. 날카로운 비명과 함께 무언가 바닥으로 떨어지는 듯한 소리였는데 나는 부엌에서 봉당으로 달려 나갔고, 방 안까지 소리가 들렸는지 밥을 먹던 식구들도 문을 열고 밖으로 뛰쳐나왔습니다.

2층 토끼장이 바닥에 떨어져 있었는데, 어미 토끼도 놀란 듯 이리저리 움직이는 게 보였습니다. 다행히 바닥에 구른 새끼 토끼장 문은 열려 있지 않았고, 나는 달려가 새끼 토끼를 꺼내 품에 안았습니다. 심장이 쿵덕거렸는데, 내 가슴이 뛰는 건지 새끼 토끼 가슴이 뛰는 건지 알 수 없었습니다.

아마도 족제비 같다고 작은형이 말했지만, 어디에도 족제
비가 남긴 흔적은 없었습니다. 아버지는 2층 토끼장을 단
단히 붙들어 매라고 형들에게 말했고, 형들은 또다시 나
를 쳐다보며 한심하다는 표정을 지었습니다.

나는 토끼를 안은 채 부엌으로 들어가 끓고 있는 주전자
손잡이를 행주로 감아 들고는 놀란 식구들이 앉아 있는
마루로 향했습니다. 그리고 새끼 토끼를 작은형에게 맡기
고는 재봉틀 서랍을 열어 코코아 가루를 꺼내왔습니다.
엄마가 마루 구석에 있는 찬장을 열어 평소 잘 쓰지 않
던 유리컵을 꺼내 놓았고, 나는 작은 숟가락으로 갈색 봉
지에 담겨 있는 코코아 가루를 떠서 유리컵에 담았습니
다. 엄마가 주전자를 들고 유리컵마다 뜨거운 물을 따랐
고 나는 열심히 숟가락을 저었습니다. 그 누구도 먼저 말
을 꺼내지 않았으므로, 마루에 잠시 이상한 침묵이 흘렀
습니다.

"우리 가족이 함께 코코아를 마실 날도 얼마 남지 않았

구나."

아버지는 내년 봄 서울에 있는 중학교에 입학하는 큰형을 두고 하는 말인 것 같았습니다. 아버지는 늘 형들에게 서울에 가서 공부해야 한다고 말하곤 했습니다. 집안 형편이 어려워졌다고 절대 기죽지 말고 그저 공부만 열심히 하라고 말했는데, 가족과 헤어지는 게 싫었던 나는 아버지에게 서울에 가지 않겠다고 말했습니다. 그럴 때마다 아버지는 막내는 서울로 보내지 않을 거라고, 엄마 아버지가 늙을 때까지 막내와 함께 살 거라고 말하며 나를 안심시키곤 했습니다.

형들은 바닥에 떨어진 2층 토끼장을 집어 들고 여기저기 살핀 후 다시 제 자리에 올려놓았습니다만 내 마음은 여전히 불안했습니다. 밑에 있던 어미 토끼도 새끼 토끼가 바닥으로 굴러 떨어질 때 얼마나 놀랐을까 생각하니 가슴이 아팠습니다. 엄마 토끼와 헤어져 2층으로 간 새끼 토끼와 곧 집을 떠나 서울로 가게 될 큰형이 불쌍했지만, 그것을 그들이 선택한 건 아니었습니다.

아버지는 가끔 모든 것을 다 가질 순 없다고 말했는데,
엄마 아버지가 막내인 나를 곁에 두기로 선택했기에 나는
주저하지 않고 코코아를 포기할 수 있었습니다.

33장

결국, 바보 삼촌은 마을을 떠나게 되었습니다. 이장 아저씨가 면사무소에 알아본 바에 따르면, 바보 삼촌 같은 사람들을 따로 돌봐주는 곳이 있었고 나라에서 운영하는 곳이라 돈을 내지 않아도 된다고 했습니다. 그동안 드러내며 말을 하진 않았지만, 마을 사람들은 엄마의 죽음을 겪은 바보 삼촌이 더욱 사나워질까봐 은근히 걱정하고 있었습니다.

어른들은 형들보다도 더 겁이 많은 것 같았습니다. 형들은 맡긴 토끼를 살피러 바보 삼촌 집엘 다녀오곤 했는데, 엄마는 가끔 형들에게 반찬을 들려 보내기도 했습니다.

작은형 말에 의하면, 바보 삼촌은 새끼 염소와 함께 방에서 지냈으며 토끼들을 닭과 함께 아예 뒤란에 풀어 놓았다고 했습니다. 신기한 것은 바보 삼촌 집 담장이 허술한데도 짐승들이 한 마리도 도망치지 않는다는 것이었습니다. 자그마한 장독대 옆엔 대추나무 한 그루가 있었는데, 바보 삼촌은 어미 염소를 팔기 전에 이 대추나무에 묶어 키우기도 했습니다.

대추나무 주변엔 토끼굴이 하나둘 생기기 시작했고, 바보 삼촌과 형들은 밖에서 흙을 퍼다 작은 동산을 만들어 주었습니다. 언제부턴가 바보 삼촌은 토끼의 머릿수를 세는 일을 포기할 수밖에 없었습니다. 형들이 맡긴 토끼 두 마리도 토끼굴 속으로 사라져 버렸습니다.

토끼굴 속으로 숨어버린 토끼들처럼 마을 사람들도 한 번 집 안으로 들어가면 집 밖으로 잘 나오지 않았습니다.

한밤중에 사이렌이 울리거나 누군가 죽거나 소나 돼지를 잡는 날을 빼놓고는 모두 집안에서 자기 할 일만 했습니다. 바보 삼촌 또한 마당에서 연설하는 것을 그만두었는데, 누구도 그 이유를 궁금해하지 않았습니다. 다만, 엄마 죽고 철들면 뭐하느냐는 식으로 비웃을 뿐이었습니다.

바보 삼촌은 더 이상 마을 사람들을 대신해 돼지를 죽이지 않았습니다. 사람들은 돼지의 급소가 아닌 엉뚱한 곳에 도끼를 휘두르며 돼지를 죽이곤 했는데 처음엔 이리저리 피가 튀고 돼지가 발악하는 것을 불편해하다가 나중에는 오히려 돼지의 고통을 즐기는 것 같았습니다.
엄마의 당부도 있었지만, 나는 더 이상 돼지를 죽이는 장소에 가지 않았습니다. 뭉툭한 큰 망치로 돼지의 이마를 내리칠 때마다 퍽! 하는 소리가 들렸는데, 그 소리가 돼지의 괴성과 함께 꿈속까지 따라온 적이 있었기 때문입니다.

집을 떠나는 바보 삼촌은 작은 가죽가방과 함께 새끼 염소를 안고 있었습니다. 함께 기르던 하얀 집오리는 며칠 전 중풍에 걸린 박 씨 아저씨 아들이 산 채로 목을 자른 후 약으로 쓴다며 피를 받아 자기 아버지에게 마시게 했습니다. 닭은 이장 아저씨가 맡아 키워주기로 했는데, 바보 삼촌은 그중 가장 큰 암탉 한 마리를 잡아 엄마에게 주었습니다. 이때도 바보 삼촌은 닭의 날갯죽지에서 뽑은 깃털을 이용해 닭을 죽였다고, 대신 닭을 들고 엄마에게 전해 준 작은형이 말했습니다. 그 말을 들은 엄마가 조금 우는 것 같았습니다.

작은형은 바보 삼촌과 이장 아저씨와 함께 자전거를 끌고 미군부대 후문에 있는 버스 정류장까지 같이 걸어갔다 왔는데, 염소를 두고 가자는 이장 아저씨의 계속된 설득에도 바보 삼촌은 끝까지 웃으면서 고개를 가로저었다고 했습니다.

"정신병원인데, 가두어 놓는다는군!"

내가 바보 삼촌이 계속해서 새끼 염소를 키울 수 없을 것 같다는 생각을 하게 된 것은 바보 삼촌이 떠나던 날 마을 회관 앞에서 마을 사람들이 하는 얘기를 들었기 때문입니다. 정신병원이 어떤 곳인지 나는 이미 들어서 알고 있었기 때문에 바보 삼촌이 집에서처럼 새끼 염소와 한 방에서 지낼 수는 없다는 것도 알고 있었습니다.

바보 삼촌은 그 사실을 알지 못했을 겁니다. 사람들이 자기를 싫어한다는 것을 알고 있었기에 그들이 원하는 대로 했을 뿐일 겁니다. 똑똑하게 연설도 잘하던 바보 삼촌은 엄마가 죽고 난 후 정말로 바보가 된 것 같았습니다.

누군가 나를 싫어한다면 어떻게 해야 할지, 나는 곰곰이 생각했습니다. 바보 삼촌이 새끼 염소를 빼앗길지도 모르는 것처럼, 나도 새끼 토끼를 빼앗기면 어떻게 해야 할까 아무리 생각해도 해답이 떠오르지 않았습니다. 오직 엄마와 아버지가 곁에 있다는 사실만이 잔뜩 겁을 집어먹은 나를 안심시켜줄 뿐이었습니다.

34장

이른 아침, 막 잠에서 깨어 마루 기둥에 기댄 채 눈을 부비고 있는 내 앞에 아버지가 뜸부기 알 다섯 개를 내려놓았습니다. 뜸부기 알을 보자 나는 잠이 확 달아났습니다. 뜸부기 알은 계란보다 훨씬 작았는데, 새벽에 바깥뜰 논을 살피러 간 아버지가 도랑 옆 풀숲에 있는 뜸부기 둥지에서 주워온 것이었습니다.

나는 뜸부기 알을 부화시켜보고 싶다고 말했고, 아버지는 그건 어려울 것 같고 삶아서 먹는 게 좋겠다며 내 얼굴을 쳐다보았습니다.

"그냥 두고 오시지, 작아서 먹지도 못할 텐데…… 그나
저나 알을 빼앗긴 뜸부기 어미는 얼마나 울어대고 있을
까……."
엄마 말을 듣고 괜히 머쓱해진 아버지는 나를 쳐다보며
도로 둥지에 갖다 주는 게 어떻겠냐고 물었고, 나는 그러
자고 대답했습니다.

아버지는 저녁에 나와 함께 뜸부기 알을 둥지에 돌려놓기
로 약속한 후 도시락 가방을 들고 서둘러 미군부대 일터
로 향했습니다. 나는 뜸부기 알을 조심스럽게 작은 바구니
에 담아 마루 한쪽에 올려놓았습니다. 그러다가 문득 암
탉에게 뜸부기 알을 품게 하면 부화가 될 수도 있겠다고
생각했고, 뜸부기 알 두 개를 들고 뒤란에 있는 닭장으로
향했습니다. 암탉들은 흙을 쪼아대거나 횃대 위에 올라가
꾸벅꾸벅 졸고 있었고, 커다란 수탉 한 마리만 이리저리
왔다 갔다 하면서 암탉들을 귀찮게 하고 있었습니다.

나는 조심스럽게 닭장 문을 열었습니다. 그리고 닭장 구석에 있는 널따란 소쿠리 위에 뜸부기 알 두 개를 올려놓고는 재빨리 도망쳐 나왔습니다. 암탉들은 소쿠리 위나 땅바닥 등 아무 데나 알을 낳았는데, 꼭 소쿠리 위에 있는 알만 품곤 했기 때문이었습니다.

닭장 문을 닫으려는 순간, 수탉이 후다닥 뛰어올라 나를 공격했습니다. 깜짝 놀란 나는 뒤로 자빠지고 말았는데, 다행히 수탉에게 쪼이거나 열린 문으로 닭들이 도망치진 않았습니다. 나는 겨우 닭장 문을 걸어 잠그고는 서둘러 마루로 돌아왔지만, 놀란 가슴은 여전히 쿵덕거리고 있었습니다.

"애가 펄펄 끓어요."

내 이마를 짚어가며 엄마가 말했습니다. 엄마 손이 너무도 차갑게 느껴졌기에 나는 몸을 뒤척였는데 아주 잠에서 깨진 않았습니다. 내 얼굴 위에서, 나를 내려다보며 나누는 엄마와 아버지의 걱정스런 대화가 또렷하게 들리기는 했는데 몸은 내 마음대로 움직일 수 없었습니다.

아버지가 곁에 있는 걸로 봐서는 밤중인 것 같았지만 나는 닭장에 다녀온 뒤에 잠이 든 건지 저녁밥을 먹었는지조차 기억이 나질 않았습니다. 다만, 수탉에게 쫓기는 꿈을 꾼 것 같았는데 그것도 꿈인지 아닌지 확실하게 구분이 되질 않았습니다.

새벽에 오줌이 마려워 잠에서 깼을 때, 엄마와 아버지는 나를 사이에 두고 양쪽에서 쪼그린 채 잠을 자고 있었습니다. 아마도 몸에 열이 올라 끙끙거리며 뒤척이던 나를 밤새 지켜보다 잠이 든 것 같았습니다. 나는 엄마를 흔들어 깨웠고, 깜짝 놀라 잠이 깬 엄마는 나를 보자마자 내 이마에 손을 갖다 댔습니다.
"살아났네?"
엄마는 한숨을 쉬며 아직 졸린 듯한 눈으로 웃어주었습니다.

나는 뒤란으로 가서 뜸부기 알을 놓아둔 닭장 안의 소쿠리를 살펴보았습니다. 소쿠리엔 알을 품기 위해 앉아 있는 암탉은 없었고, 닭이 쪼아 먹은 듯 깨진 알껍데기만 나뒹굴었습니다. 실망한 나는 때마침 쉰 목소리로 울어대는 수탉을 한참 동안 째려보았습니다. 내가 째려보거나 말거나 수탉은 계속해서 울어대며 잠든 사람들을 깨웠습니다.

바구니에 담아 마루에 놓아두었던 뜸부기 알이 생각난 나는 허겁지겁 달려와 바구니를 들여다보았습니다. 바구니에 담겨 있어야 할 뜸부기 알 세 개가 감쪽같이 사라지고 없었습니다. 둥지에 다시 갖다 놓기로 약속한 것을 알고 있는 엄마가 뜸부기 알을 삶았을 리 없었을 테고, 아버지 또한 나를 두고 혼자 뜸부기 둥지에 다녀오진 않았을 것입니다.

자세히 들여다보니, 바구니 바닥에 달걀노른자 같은 게 조금 남아 있었습니다. 닭장 속에 갇힌 닭들이 밖으로 나와서 뜸부기 알을 쪼았을 리는 없었을 것입니다. 그렇다면 의심스러운 것은 족제비밖에 없었습니다.

"그놈들이 배가 고팠나 보구나."

아버지는 울상을 지은 채 바구니를 들여다보고 있는 내게 다가와 이마를 짚었습니다. 그리고는 누구 짓인지 알고 있다는 듯, 잔뜩 실망한 나를 위로해 주었습니다.

아버지는 나를 위해 배가 고프지 않았는데도 뜸부기 둥지에서 알을 빼앗아 왔습니다. 확실하진 않지만, 족제비들은 배가 고파서 뜸부기 알을 훔쳐 먹었습니다. 누가 더 나쁜 짓을 한 것인지는 모르겠습니다.

족제비만 아니었다면 아버지와 나는 지금쯤 뜸부기 둥지 앞에 서서 알을 다시 제 자리에 돌려놓고 있었을 것입니다. 뜸부기 알처럼, 한 번 지나간 시간을 원래의 자리로 되돌릴 수 없다는 것을 나는 알아버렸습니다.

35장

형들은 자꾸 비좁아지는 토끼장에 관해 고민했고, 엄마는 우리 집의 비좁은 방에 대해 고민했습니다. 안채와 바깥채에 하나씩 방은 달랑 두 개였는데, 커다란 안방에선 엄마와 아버지와 누나와 내가 잠을 잤고, 봉당 건너 바깥채 방은 형들이 사용했습니다. 바깥채 방바닥을 뜯어 내려앉은 구들장을 다시 놓을 때는 형들까지 안방에서 잠을 자야 했습니다. 엄마는 자꾸 가슴이 커지는 누나를 보면서 언제까지 남자들과 방을 같이 쓰게 할 수는 없는 일이지 않느냐고 아버지에게 말하곤 했습니다.

사실, 아버지가 좀 더 일찍 엄마 말을 들었더라면 우리 가족은 훨씬 큰집에서 살 수도 있었을 테지만 아버지는 엄마의 부탁을 거절했습니다. 엄마는 아버지가 작은아버지 빚보증을 서기 이전부터 논을 팔아 미군부대 정문이 있는 안정리로 이사를 가자고 아버지에게 졸랐습니다. 하지만 아버지는 할머니가 살아 계시기 때문에 아직은 도두리를 떠날 수 없다며 고집을 꺾지 않았습니다.

큰형이 중학교 입학을 위해 서울로 옮기면 방이 좀 더 넓어질 거라고 아버지가 말할 때마다 엄마는 그것이 문제를 해결하는 방법은 아니라고 대꾸하며 더욱 슬픈 표정이 되었습니다.

어느 날, 엄마 말을 듣지 않은 게 후회스럽다고, 한밤중에 울고 있는 엄마를 달래며 아버지가 말했는데 그때 내가 왜 일부러 자는 척을 했는지 모르겠습니다. 다만, 닭과 족제비가 먹어버린 뜸부기 알을 둥지에 되돌려 놓을 수 없는 것처럼, 우리 집 또한 아버지가 빚보증을 서기 이전으로 되돌아갈 수 없다는 것을 나는 느끼고 있었습니다.

뜸부기 알이 사라진 이후, 나는 부쩍 토끼장을 살피는 일이 많아졌습니다. 그러나 형들의 관심은 조끔씩 토끼장을 떠나가고 있었습니다. 집안 형편이 갑자기 어려워졌기 때문인 것 같기도 했고, 바보 삼촌이 쫓겨나다시피 마을을 떠나 정신병원에 갇힌 일로 인해 충격을 받은 것도 같았습니다.

엄마 눈은 점점 토끼 눈처럼 붉게 변해갔습니다. 얼마나 많이 울었는지는 알 수 없었지만, 내가 잠든 후에도 엄마는 잠들지 않고 울었던 게 분명했습니다. 아침에 보는 엄마 눈동자는 붉게 충혈되어 있었고, 나는 그런 엄마의 토끼 눈을 볼 때마다 자꾸만 슬퍼졌습니다.

늘 밭일만 조끔씩 하던 엄마가 갑자기 열무를 머리에 이고 어딘가로 향하는 날이 많아졌습니다. 나는 엄마 뒤를 쫓아가다가 혼이나 되돌아오곤 했는데, 엄마는 미군부대 후문 근처에 있는 식당에 열무를 팔러 가는 것 같았습니다. 수줍음이 많아 사람들 앞에 나서는 것조차 꺼리던 엄마가 왜 갑자기 변했는지 모르겠지만, 언제나 아버지가 퇴근하기 전에 집으로 돌아온 걸로 봐서는 아버지에게 열무 파는 일에 대해 말하지 않은 건 분명했습니다.

하지만 엄마의 열무 장사도 그리 오래가지 못했습니다. 누군가 아버지에게 엄마 얘길 했고, 그날 저녁 술에 취해 집에 온 아버지는 당장 일을 그만두라며 소리를 질렀습니다. 나는 술 취한 아버지 모습은 물론, 소리 지르는 아버지 모습도 그전에는 본 적이 없었기에 너무 놀란 나머지 누나를 끌어안고 울기만 했습니다.

"너희들이 무슨 죄가 있겠니……."
울고 있는 누나와 나를 보고 아버지가 말했습니다. 엄마도 놀랐는지 누나와 나를 끌어안고는 괜찮다고 토닥여주었습니다. 엄마 품에 안기자 갑자기 서러워진 나는 더욱 크게 울었습니다. 하지만 엄마 눈물이 내 볼에 줄줄 떨어지자 나는 더 이상 울 수가 없었습니다. 울음은 그쳤지만 딸꾹질이 멈추지 않아 내 정수리로 엄마 턱을 들이받기도 했습니다.

엄마와 아버지는 죄가 없습니다. 즐거운 우리 집이 갑자기 슬픈 집이 된 것이 아버지 죄는 아닐 겁니다. 솔직히 나는 죄라는 게 어떤 건지 잘 모르겠습니다. 죄는 잘못을 저지르는 것인데, 모르고 저지른 건 죄가 아니라고 작은 교회 목사님이 말한 적이 있었습니다. 아버지도 우리 집이 이렇게 힘들어질 줄 모르고 빚보증을 선 것이기 때문에 죄를 지은 건 아니라고 나는 생각했습니다.

그러나 엄마 몰래 설탕을 꺼내 물에 타 마시거나 외할머니가 준 때 묻은 박하사탕을 몰래 시궁창에 버린 나는 죄인입니다. 나는 분명히 잘못된 일인 줄 알면서도 엄마 허락 없이 설탕물을 마셨으며, 박하사탕을 먹진 않더라도 시궁창에 버리진 말았어야 했기 때문입니다.

아버지는 마당에 깔린 멍석에 앉아 말없이 한숨만 쉬었고, 나는 엄마 무릎을 베고 아버지 곁에 누웠습니다. 별을 세다 말고 엄마 눈빛을 올려다보니, 오늘 밤엔 엄마가 더 이상 울 것 같지 않았습니다. 나는 엄마 아버지와 함께 아주 오래도록 마당에 머물러 있고 싶었습니다.

36장

"이제 우리 집이 되었으니까, 토끼도 토끼굴도 모두 내 맘대로 해도 돼!"

길봉이 형이 바보 삼촌네 뒤란에 있는 토끼굴을 삽으로 이리저리 파헤치며 말했습니다.

형들은 걱정스런 얼굴로 무너진 담장 밖에서 안을 들여다보았습니다. 혹시라도 토끼굴 속에 토끼가 숨어 있을지도 모르니 땅을 깊게 파진 말아 달라고 작은형이 부탁했지만 길봉이 형은 들은 체도 하지 않았습니다.

바보 삼촌이 정신병원으로 가자마자 개울 건너 살던 길봉이 형네가 바보 삼촌 집을 사버렸습니다. 원래부터 바보 삼촌 엄마가 집주인은 아니었기에 길봉이 형네가 집을 사겠다고 나서자 집주인인 정 씨 아저씨가 바로 집을 팔아버렸습니다. 마을 사람들 또한 빈집으로 내버려둬 흉가로 만드는 것보다는 훨씬 잘 된 일이라고 말했습니다. 어쩌면 모든 일이 마을 사람들의 바람대로 된 것인지도 몰랐습니다.

토끼를 잡는 방법에 관해서는 형들도 자기들 생각을 길봉이 형에게 말할 자격이 있었습니다. 바보 삼촌이 토끼 동산을 만들 때 형들도 함께 마당에서 흙을 퍼 날랐으며 널따란 구들장 돌을 이용해 토끼굴 입구도 만들어 주었기 때문입니다. 비록 바보 삼촌이 없다 해도 토끼가 모두 굴 밖으로 나올 때까지 토끼들을 돌봐야 한다고, 바보 삼촌 또한 그러길 바랄 것이라고 형들은 생각했습니다.

하지만 길봉이 형 생각은 달랐습니다. 자기네가 집주인이 되었으므로 이젠 토끼를 포함해 바보 삼촌 집에 있는 모든 것들이 자기네 것이라고 말했습니다. 마을 사람들 또한 바보 삼촌이 떠나자마자 집 뒤란의 담장을 허물고 들어가 손에 잡히는 대로 닭과 오리와 토끼를 훔쳐갔습니다. 단지 바보 삼촌이 없다는 이유만으로 그가 기르던 짐승들을 마음대로 죽이는 것이 옳은 일은 아니라고 형들은 생각했습니다. 나 역시 그런 형들 생각에 맞장구를 쳤는데, 그런 내가 믿음직스러웠는지 형들은 그날따라 나를 따돌리지 않았습니다.

이제 바보 삼촌네 뒤란에는 도대체 몇 마리인지 알 수 없는, 토끼굴 속에 숨어있는 토끼들만 남게 되었습니다. 그런데 지금 길봉이 형이 그 토끼들을 잡겠다며 토끼굴을 파헤치고 있는 것입니다. 형들과 나는 길봉이 형에게 토끼 잡는 일을 같이 도와주면 안 되겠느냐고 사정한 끝에 겨우 승낙을 받고 허물어진 담장을 뛰어넘어 토끼굴 앞으로 달려갔습니다.

"토끼다, 잡아!"

삽을 들고 푹푹 토끼굴 위를 내리찍던 길봉이 형이 갑자기 소리를 질렀습니다. 흰 토끼 한 마리가 굴에서 튀어나오더니 철망에 머리를 한 번 들이박고는 재빠르게 맞은편 구멍 속으로 도망쳐 버렸습니다. 형들도 순간적으로 손을 뻗었지만 토끼를 잡을 순 없었습니다.

"이것들 봐라?"
화가 난 길봉이 형이 더욱 거칠게 삽날을 내리찍으며 토끼굴을 무너뜨렸습니다. 형들과 나는 혹시라도 토끼가 다칠 수도 있으니 삽질을 살살 해달라고 부탁했지만 길봉이 형은 막무가내로 삽을 들어 올려 화풀이를 하듯 토끼굴 위로 내리찍었습니다.

나는 천둥 번개가 내리치던 며칠 전의 밤을 떠올렸습니다. 전기마저 끊긴 그날 밤, 나는 너무도 무서운 나머지 엄마 품속으로 기어들어가 덜덜 떨어야만 했습니다. 바보 삼촌의 토끼들도 지금 길봉이 형의 삽날을 피해가며 어두운 굴속에서 두려움에 떨고 있을 거라고 생각하니 내 가슴도 덜덜 떨렸습니다.

"길봉아!"

큰형이 외마디 비명을 지르듯 길봉이 형을 불렀습니다.
순간, 흠칫 놀란 길봉이 형이 삽질을 멈추었고, 삽날 끝
에 피가 묻어 있는 게 보였습니다. 형들이 달려가 조금
전 삽날에 내리 찍힌 곳의 흙을 손으로 파내기 시작했습
니다. 잠시 후, 두 동강 난 새끼 토끼가 피범벅이 된 채
밖으로 모습을 드러냈습니다. 나와 형들은 눈물을 흘리
면서 맨손으로 흙을 퍼냈고, 길봉이 형도 놀랐는지 삽을
멀찌감치 던져 놓고는 몸통이 잘린 새끼 토끼를 바라보
고만 있었습니다.

형들은 손으로 흙을 파헤친 후 꼼지락거리며 살아있는
새끼 토끼 한 마리를 구해냈습니다. 길봉이 형은 자기도
모르겠다는 말을 내뱉고는 삽을 들고 도망치듯 뒤란을
빠져나갔습니다.

나는 형들과 함께 몸통이 잘린 토끼를 마당가에 누워 있
는 십자가 기둥 옆에 묻어주었습니다. 그리고 흙 속에서

가까스로 구해낸 토끼 새끼를 안고 집으로 돌아와 2층 토끼장에 넣어주었습니다.

"오늘이 우리 막내 생일이었네? 엄마가 정신이 없어 깜박했구나."

어쩐지, 저녁밥을 먹고 난 후 내가 좋아하는 통닭이 상 위에 올라오기에 웬일인가 궁금했었습니다. 저녁밥을 먹기 전 엄마는 내게 밥을 많이 먹지 말라고 말했는데, 밥을 많이 먹으면 통닭을 못 먹을 것 같아서 그랬던 것 같았습니다. 나는 엄마에게 낮에 보았던 몸통 잘린 토끼 이야기를 하다가 밥맛이 떨어져 버렸기에 엄마 당부가 아니었더라도 밥을 많이 먹을 수 없었습니다. 형들도 괜한 이야기를 한다며 내게 눈총을 주었습니다. 어쨌든 밥을 많이 먹지 않아서 다행이라는 생각이 들었습니다.

아버지는 여느 때와 달리 소주나 막걸리 대신 맥주를 마셨는데, 내 생일이라고 엄마가 특별히 맥주를 사 온 것 같았습니다. 작은형이 병뚜껑을 따자 맥주 거품이 부글거리며 흘러내렸고, 우리는 닭다리와 날갯죽지를 하나씩 들고 뜯으면서 흘러내리는 거품을 보며 깔깔거리며 웃었습니다.

아마도 어미 토끼는 지금쯤 어두컴컴한 굴속 어딘가에서 사라진 새끼를 걱정하면서 숨죽인 채 숨어 있을 것입니다. 길봉이 형은 내일 다시 삽을 들고 토끼굴을 파헤칠 것이고, 어미 토끼도 더 이상 도망치긴 어려울 것입니다. 혹시라도 어미 토끼가 철망을 뛰어넘어 담장 밖으로 도망친다 해도 그곳이 무너진 토끼굴보다 안전하다고 말할 수는 없습니다. 마을 사람들이 길 잃은 토끼를, 더군다나 주인까지 잃은 토끼를 그냥 놓아둘 리가 없기 때문입니다.

37장

간밤에 꾸었던 꿈 때문에 뒤척인 탓인지 내가 늦은 잠에서 깨어 일어났을 때 아버지는 이미 출근을 한 뒤였습니다. 엄마는 마루에 앉아 한 달 뒤 추석에 아버지가 입을 검정 두루마기를 바늘로 꿰매고 있었습니다. 두루마기는 마치 황금박쥐의 날개처럼 생겼습니다. 나는 두루마기가 무슨 뜻이냐고 물었고 엄마는 확실하진 않지만 옷이 두루두루 막혀 있어 그런 이름이 붙은 것 같다고 대답했습니다.

간밤에 새끼 토끼가 들어 있는 2층 토끼장이 바닥에 떨어져 나뒹구는 꿈을 꾸었는데, 여전히 꿈속에서도 족제비는 등장하지 않았습니다. 나는 엄마에게 꿈 이야기를 했고, 엄마는 어제 길봉이 형 삽날에 잘린 새끼 토끼 때문에 놀라서 악몽을 꾸었을 거라며 불안해하는 나를 달래주었습니다.

봉당에 나가서 살펴보니 2층 토끼장은 안전하게 묶여 있었습니다. 족제비를 조심해야 한다는 아버지 충고를 듣고 형들이 단단하게 묶어 놓았기 때문이었습니다. 어제 흙 속에서 건져낸 새끼 토끼도 곧잘 움직이고 있었습니다. 나는 씀바귀를 들고 새끼 토끼들에게 주었는데, 웬일인지 두 마리 모두 씀바귀를 입에 대지 않았습니다.

나는 엄마에게 토끼굴 속의 어미 토끼가 아무래도 오늘 길봉이 형에게 잡힐 것 같다고 말했습니다. 엄마는 대답하지 않은 채 두루마기를 들여다보며 바느질만 했습니다. 나는 길봉이 형이 어미 토끼를 잡을 때 어제 구해낸 새끼 토끼를 보여주면 어떻겠느냐고 엄마에게 물었습니다. 엄마는 그제야 입을 열고는 눈앞에서 헤어지느니 차라리 못 보게 하는 게 낫다며 꾸중하는 말투로 대답했습니다. 나는 단지 어미에게 새끼가 무사하다는 것을 보여주고 싶었을 뿐인데, 엄마는 그게 더 어미를 힘들게 하는 거라고 생각한 모양입니다.

엄마가 막 바느질을 끝낸 후 두루마기를 정성스레 개고 있을 때, 이장 아저씨가 놀란 얼굴을 하며 대문 안으로 성큼 뛰어 들어왔습니다. 이장 아저씨는 엄마 얼굴을 쳐다보며 놀라지 말라는 당부와 함께 아버지가 사고를 당해 병원 응급실에 있으니 지금 당장 따라나서라고 말했습니다. 순간, 나는 엄마 얼굴이 하얗게 질리는 것을 보았습니다. 엄마는 마루에서 일어나 맨발로 뛰쳐나가다가 이장 아저씨가 신발을 챙겨주자 겨우 받아 신고는 울먹이며 대문 밖으로 달려 나갔습니다.

나는 갑자기 혼자 남게 되었습니다. 소식을 듣고 찾아온 마을 사람들의 이야기에 의하면, 미군부대 비행기 격납고 지붕을 수리하러 올라간 아버지가 그만 발을 헛디뎌 추락하면서 바닥에 머리를 세게 부딪쳤다고 했습니다. 나는 꿈속에서 바닥으로 내리꽂힌 2층 토끼장을 생각했습니다.

송 씨네 할머니가 내게 혼자 있지 말고 자기 집으로 가자고 말했지만 나는 토끼장을 돌봐야 한다며 한사코 거부했습니다. 토끼장은 핑계였고, 속마음은 엄마가 밤늦게라도 돌아올 수도 있을 것이라고 생각했기 때문이었습니다. 그러면서도 한편으로는 내가 2층 토끼장이 바닥으로 떨어지는 꿈을 꾸었기 때문에 아버지가 사고를 당한 것은 아닌지 자꾸만 후회가 되었습니다.

그날 밤, 결국 엄마와 아버지는 돌아오지 못했습니다. 나는 토끼장 옆을 오가며 밤늦도록 엄마와 아버지를 기다리다 병원에서 뒤늦게 돌아온 형들과 함께 잠이 들었습니다.

이튿날 아침, 형들이 잠든 나를 깨우며 검은 옷을 찾아 입힐 때 이제 더 이상 아버지를 기다릴 수 없다는 것을 깨닫게 되었습니다. 아니, 이제부터는 정말로 매일매일 오지 않는 아버지를 기다려야 할지도 모른다는 생각을 하면서, 집을 나서기 전 나는 울면서 토끼들에게 씀바귀 잎을 물려주었습니다.

작가 후기

여백을 갖고 싶었습니다. 빡빡한 글과 팍팍한 생의 틈바구니에서 단지 분량과 물량을 채우는 일에 생을 소비하고 싶지 않았습니다. 그리하여 지난여름 나는 내 삶의 가장 큰 여백으로 남아 있는 유년기의 기억을 소설로 옮기기로 마음먹었습니다.

그러한 결심은 아마도 북극의 그린란드를 떠올리는 것과도 같아서 쓸모없어 보이지만 언젠가는 꼭 한번 마주하고 싶다는 충동을 갖기에 충분했습니다. 나는 안개처럼 흐릿한 기억 속에 여백으로 남아 있는 일곱 살 어린 시절의 나를 만날 수 있었습니다.

유년기의 엄마와 아버지는 언제나 내게 여백으로 남아

있습니다. 그 무엇으로도 채울 수 없는 여백이 있다면, 그것은 엄마와 아버지가 만들어준 여백일 것입니다.

유년기의 토끼와 아버지가 현실에서 지워진 이후, 나는 여백 없는 삶을 살았습니다. 되돌아가고 싶었지만 그런 생각이 들 때마다 언제나 너무 멀리 떠나왔다는 사실만 깨달을 뿐이었습니다.

그물도 여백이 있어야 합니다. 물의 흐름을 막을 정도로 촘촘한 그물은 부유물 외에 아무것도 건질 수가 없습니다. 독자의 상상을 방해하고 여백을 허용하지 않는 글을 쓰고 싶지 않았습니다.

「토끼가 죽던 날」은 빈손으로 돌아갈 것을 작정하고

건져 올린, 성긴 그물에 묻은 물고기 비늘 같은 소설입니다. 커다란 물고기처럼 요란하게 퍼덕이진 않지만 어느 한 순간 비늘처럼 반짝이며 눈과 가슴에 울림을 주는, 그런 소설이었으면 좋겠습니다.

여백뿐인 소설을 출간해주신 가쎄출판사에 깊이 감사드립니다.

2015년 시월, 박후기

토끼가 죽던 날
The day the rabbit died

ⓒ박후기 2015

초판 1쇄 발행 2015년 10월 15일

글 박후기
캘리그라피 박후기

펴낸곳 도서출판 가쎄 [제 302-2005-00062호]
주소 서울 용산구 이촌동 302-16
전화 070. 7553. 1783 / 팩스 02. 749. 6911
인쇄 정민문화사
ISBN 987-89-93489-50-7
값 12,800원

www.gasse.co.kr